TAKE
SHOBO

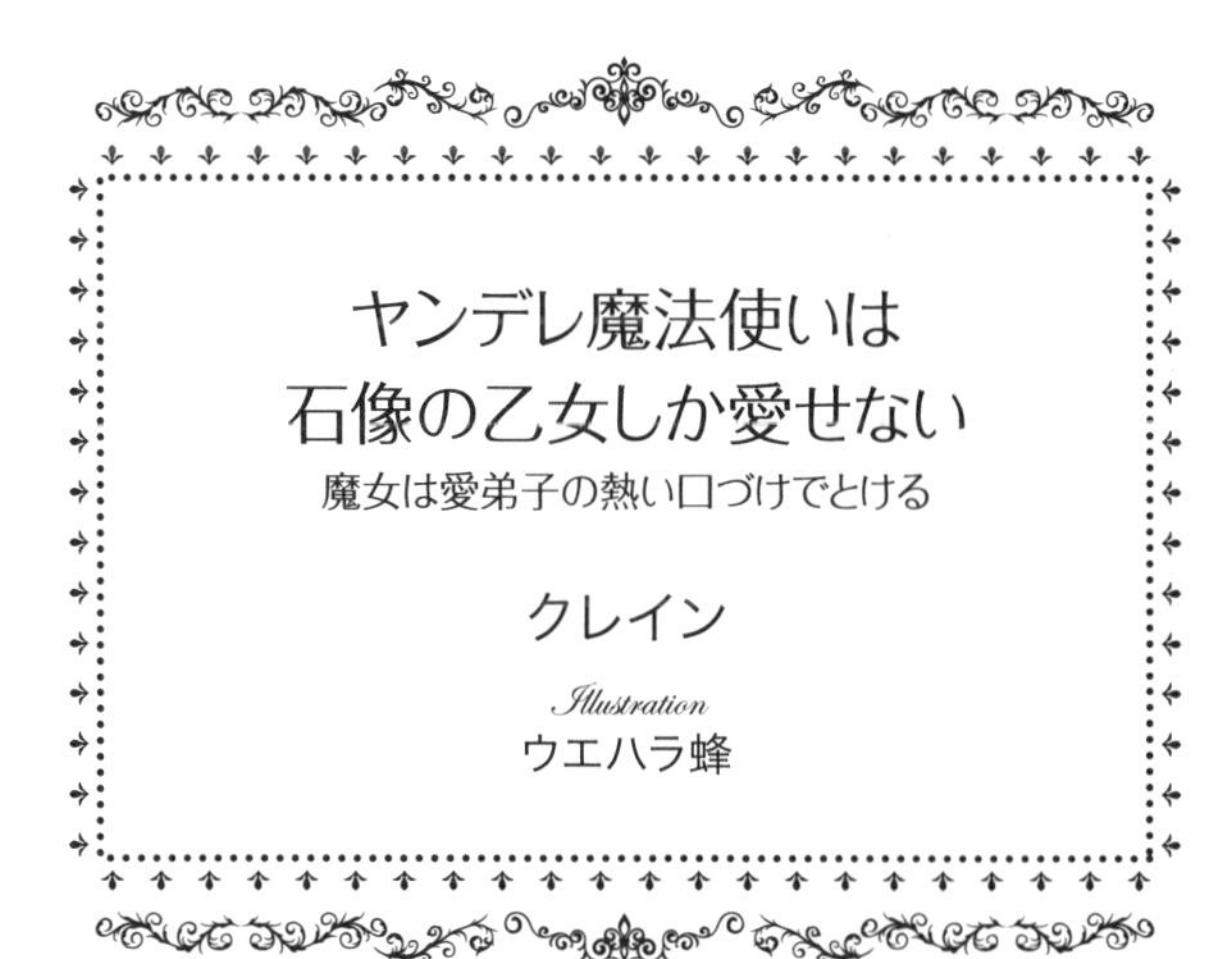

ヤンデレ魔法使いは石像の乙女しか愛せない

魔女は愛弟子の熱い口づけでとける

クレイン

Illustration
ウエハラ蜂

MitsuNeko

contents

イラスト／ウエハラ蜂

ヤンデレ魔法使いは石像の乙女しか愛せない
魔女は愛弟子の熱い口づけでとける

プロローグ　魔女は竜の腹の中

「――――師匠」

「なあに、私の可愛いアリス」

声変わりが近いのか、僅かにかすれる少年の高い声にそうララが応えれば、それでなくともふてぶてしい弟子の顔に、くっきりと不服そうな色が浮かぶ。

「師匠。何度も申し上げておりますが、僕の名前はアリスではなく、アリステアです」

そんなことはもちろんララとて重々承知しているのだが、アリステアの拗ねたこの表情が見たくて、つい揶揄い混じりに彼のことをそう呼んでしまうのだ。

今日もいつものやりとりが楽しい。そして今日も我が弟子は最高に可愛い。ララは慈愛に満ちた目で彼を見やる。

「あら、ごめんなさいアリステア。そして、何かしら？」

「今回の依頼、やっぱり嫌な予感がします。なんだか心臓のあたりがぞわぞわすると言いますか」

「……そうね、依頼書によると力の弱い魔物という話だけれど、金を惜しんだ依頼者が過少報告をしている可能性もあるわね」

物憂げな顔をするララの愛弟子（まなでし）アリステアは、やはり今日も最高に美少年である。

完全なる左右対称の、非の打ち所なく整った顔に、さらさらの銀の髪。強い魔力を帯びているせいで、青を基調に様々な色が混ざり合っている蛋白石（オパール）色の瞳。

柳眉を顰（ひそ）めるその表情さえもなんとも美しい。最近ではなにやら、危うげな思春期独特の色気のようなものまで放つようになってきた。

連れて道を歩けば周囲から羨望の眼差（まなざ）しを受ける、国家魔術師ララ・ブラッドリーの自慢の愛弟子である。

もちろん見た目だけではなく頭も賢く優秀な魔術師の卵であり、その類稀（たぐいまれ）なる強大な魔力から織りなす魔術は、一流の国家魔術師をも凌駕（りょうが）する。

そんな、正直ララの手には余る弟子なのだが、その一方で魔力の制御（コントロール）があまり得意ではなく、感情が激すると周囲一帯を吹き飛ばしてしまうという困った性質を持ち合わせており、残念ながら優秀な魔術師の揃（そろ）った魔術省においても、呑気（のんき）なララ以外に引き取り手がいなかった。

確かに皆、魔物どころか、自分の弟子に吹っ飛ばされて、死にたくはないだろう。

よって師弟関係であるものの、こと攻撃魔術において、ララはアリステアに遠く及ばない。

だが、魔力制御と魔術に関する知識量においては、ララのほうが上だ。故に、ララにはまだ彼に教えられることが残っている。

　この二つをアリステアにしっかり身につけさせることができれば、彼は間違いなく国一番の魔術師になるだろう。

　その日を、師としてララは楽しみにしている。弟のように可愛がっている彼が、いつか自分の手を離れてしまうのは、やはり少々寂しくはあるのだが。

　そんな魔術師の師弟がこの度、ここの領主から受けた依頼は、魔物の討伐である。なんでも、このところ領地内に魔物が入り込んでくるのだという。

　魔物とは、人間を襲う動物の総称である。その肉は毒素が強く、食用にもならない。

　この世界は、魔物が住んでいる区域と、人間が住んでいる区域とに明確に隔てられている。

　魔物たちの棲む区域の方が圧倒的に広く、人間は怯えながら、魔物たちが見向きもしないような痩せた土地に、知性だけを武器に小さく纏まって生きていた。

　つまりは人間よりも、魔物の方が、圧倒的に上位種なのだ。

　そんな魔物たちに、唯一対抗できる人間が、魔術師たちだ。

　生まれながらに魔力という不思議な力を持ち、それを操ることで、上位種であるはずの魔物すら屠ることができる存在。

　およそ三百年ほど前、突然現れた偉大なる大魔術師により、一方的に蹂躙され、捕食されるだけだった人類は、魔物に抵抗する、魔術という手段を得た。

そして大魔術師は人類最後の国であるここ、ファルコーネ王国の王都を中心に、巨大な防衛結界を展開し、魔物たちの侵入を防いだのだ。

その結界は彼の死後も、いまだにこの地を魔物から守っている。

だが、その効力は王都から離れれば離れるほど薄まってしまう。

よって、王都から遠く離れた地方では、結界を突破し魔物が入り込むことがあった。

王都に住むことができる上流階級や資産家の連中とは違い、貧しい人々は、時折魔物が現れる土地で、怯えながら生きるしかないのだ。

今回、その魔物を狩ることを、ララは国から命じられた。

結界の力が余り及ばぬ場所の魔物狩りは、魔術師の重要な仕事の一つである。

大魔術師のおかげでこれまで異端であると迫害を受け、魔力を隠しながら生きてきた者たちは一転、重んじられ、国に手厚く保護されるようになった。

かつて一方的に魔物たちに狩られ、絶滅の危機にいた人間たちは、希少な魔力持ちを集め、魔術師を育て、己の武器としたのだ。

ララはそんな、国から直接雇用されている国家魔術師だ。

魔術師の中でも、一握りの優秀な者にしか、その王家の紋章の入った黒き長衣（ローブ）を纏うことは許されない。

だが、国家魔術師は国から多くの厚遇を得る代わりに、正式な命令があれば、それを受ける義務がある。

基本的に国には絶対服従であり、それがどんな依頼であれ、拒否することは許されない。税金で食わせてもらっている身の悲しみである。公僕は辛い。

今回国に依頼をしてきたこの地の領主曰く、領地内に現れたのは、まだ若く弱い魔物であるということで、「お前でも大丈夫だろう」と、上司が判断。この度ララの元に依頼が来た。

ララの魔力も能力も、残念ながら国が抱える天才揃いの国家魔術師たちの中では低い方だ。辛うじて国家魔術師の末端に引っかかっている程度の、魔術の才しかない。

そのため、難易度の高い戦闘を伴うような依頼は、本来ララには回ってこないはずなのだが。

「そもそも師匠の魔術は戦闘向きじゃありません。なぜこんな明らかに専門外な任務が回ってきたんでしょう？」

アリステアが不服げに言う。ララは彼を宥めるように笑ってみせた。

「私が駆り出されるくらい、国家魔術師の人員不足は深刻なのよ。多分アリステア込みということで、考えられているのではないかしら？」

王都の結界が弱くなってきているのか、ここ数年、地方からの魔物の出現報告が明らかに増えていた。

しかも先日、国境付近に若い竜が現れ、国家魔術師で討伐隊を結成し、辛うじて国内から追い払うことに成功したものの、その討伐で多くの国家魔術師が命を落とすことになった。

　三百年前作られた古き対魔結界は、徐々にその効力を失いつつあると言われており、いずれは王都付近にも魔物が入りこむのでは、と人々は危惧している。

「僕はまだ、正式な国家魔術師じゃないんですが」

「それでもあなたは並の国家魔術師よりもはるかに強いもの。期待されているのでしょう」

「はあ、天才って辛いですねぇ」

「………そうねえ」

　国家魔術師の受験資格は命の危険を伴う任務もあることから、十五歳以上と規定されている。よって、まだ十二歳のアリステアは国家魔術師になることはできない。だが年齢さえ条件を満たせば、難無く国家魔術師になることができるだろう。

（けれどアリステアはまず、国家魔術師にふさわしい人格を備えるべきだと思うわ……）

　何度もその試験に落ち、血反吐（ちへど）を吐く思いで勉強して国家魔術師となった極々凡才のララは、遠い目をする。これだから天才は困るのだ。

　アリステアはその能力の高さからか、傲慢不遜で自己愛が強い。

「まあ、私たちの手に負えないようであればとっとと逃げましょう。無理をする必要はないわ。命の方がずっと大切だもの」

「師匠のそういうところ、嫌いじゃないです」

　師弟は笑い合って、依頼で指定された森の奥に向かって歩く。

ララは生きることが大好きだ。どんな絶望的で悲惨な状況であっても、生きてさえいればいつかどうにかなる、というのが彼女の持論である。

逆にすぐに悲観的に考えるきらいのある厭世的なアリステアは、ララのその馬鹿みたいな明るさに救われているのだそうだ。

我が弟子ながら、もう少し言葉を選んでほしい。そこになぜわざわざ『馬鹿』をつける必要があったのか。

「……依頼書によると、そろそろのはずなんだけれど」

領主が別途派遣したという傭兵部隊と合流できるはずなのだが、全くその気配がない。

――――むしろ、それどころか。

「……やっぱり引き返しましょう。師匠。おかしいです」

アリステアがその美しい顔を歪めてきっぱりと言った。ララは足を止める。

弟子の直感をララは信用していた。なんせ彼は精霊たちの愛し子なのだ。

「何か感じる？」

「それもありますが、あまりにも静か過ぎます」

彼に言われるまま、ララも耳を澄ます。確かに何も聞こえない。せいぜい風のさざめきくらいのものだ。

森の中でありながら、人間の気配はおろか、動物や鳥の鳴き声さえも全く聞こえない。

――確かにこれは、明らかに異常なことだ。

「……おそらくは、食い尽くされたか、それとも逃げ出したか」

硬いアリステアの声に、ララは頷(うなず)く。ここまで徹底して動物たちが消えるということは、とてもではないが、依頼書の通り、力の弱い魔物とは考えられない。

「それでは、先発隊は……」

「――すでに食われた可能性が高いかと」

「なんてことなの……」

生き残った人間がいるのか確かめたいが、ララは自分の実力もまたよく理解していた。

おそらくこれはもう、自分の手でどうにかなる案件ではない。

「撤退して上に報告、別途手を打ってもらいましょう」

「はい」

そして二人が踵(きびす)を返した、その時。命の危機に瀕(ひん)した人間の叫び声が遠くから聞こえてきた。

ララは思わず眉を顰め、再度その足を止めて振り返る。そんな彼女にアリステアは小さく舌打ちをした。

「相変わらずお人好(ひとよ)しですね。師匠。ですが、ここは構わず放って逃げましょう。彼らは見捨てるべきです」

「わかっているわ。だけど……」

「僕らが残ったところで無駄死にするだけですよ。ここはもうルトフェルのおっさんに押し付けましょう。僕は師匠と結婚して幸せな家庭を築く予定なので、こんなところで死ぬわけにはいきません」

今日も弟子が馬鹿なことを言い出した。一気に緊張感が削がれて、ララはがっくりと肩を落とす。この弟子ときたら、十二歳も年上の魔術の師であるララに、隙あらば結婚してくれと迫ってくるのである。

だがそれはともかく、アリステアの言うことは正しい。ここで助けに向かったところで、自分たちも食われて終わりだ。

ララは唇を噛んで、身を切る思いで足を必死に動かす。

「ごめんなさいね、アリステア。何度も言うようだけれど、私の恋愛対象は三十歳以上の独身男性なの。そしてルトフェル様はあれでも偉い方なのよ。おっさんとか言わない」

そして走りながら弟子の求婚を無下にする。ララに、子供の域を出ない少年を恋愛対象にする性的な嗜好はない。

ララはどちらかと言えば年上の男性が好きだった。残念ながら生まれてこのかた二十四年、そういった色っぽい話は一つもないまま人生を送ってきてしまったが。

故に、どれほど言い寄られても、この弟子は恋愛対象外である。

「僕が三十歳になる頃には、師匠は四十二歳じゃないですか。もう少し前倒しにしていただけませんか？」

『だから何故私とあなたが結婚することが前提になっているのよ。他を当たってちょうだいな。他を」

『いやです。師匠を愛しているので」

あまりにも真っ直ぐな求愛に、一体どこで育て方を間違ったかと、頭痛がしたララは、額を手で押さえる。

「今まで色っぽい話一つないんですから、ここはもう諦めて、僕の成長を待ってください」

「お断りよ。私は年上の男性が好きなの」

今日も我が弟子は非常に失礼である。ララとてそこまでモテないわけではない、はずだ。

「このままじゃ国に、魔術師繁殖用の適当な相手を押しつけられますよ」

「素敵な年上の男性なら問題ないわ」

「師匠、言っておきますが、魔術師のくせに三十すぎても独身って、それ絶対に相当な訳あり物件ですからね。現実を見ましょう」

魔術師は血筋を残す義務を負っていることから、初婚年齢が一般よりもかなり低い。十代での結婚も、珍しくない。

魔術師の数はそのまま国力となる。だが魔術師の子供だからといって、必ずしも魔力を持って生まれてくるわけではない。

魔術師同士を掛け合わせても、魔力を持つ子が生まれる割合はせいぜい三割程度だ。よって魔術師は、子供を三人以上作ることを国から義務付けられているのだ。

魔術師であるララが、二十四歳にもなって結婚していないことはかなり珍しいことだった。

仕事とこの小生意気な弟子の育成に勤しみすぎて、恋愛をする余裕がなかったのである。

そもそもいつ魔力を暴走させるか分からないアリステアを怖がって、ララの付近には男どころか、上司以外に誰も近寄ってこないという有様なのだ。

（そもそも全ての原因は、この子なのでは……？）

問題の根底にうっすらと気付いたララは一瞬正気に戻ったが、それでも目が合えばニッコリと笑ってくれる我が弟子は最高に可愛いので、やはり後悔はなかった。

そんな風にしていつものように軽口を叩きながら、師弟は必死に森の外を目指す。

それは、現実逃避のようなものだったのかもしれない。

「ちっ！　気付かれたか」

だが、もう少しで森を抜けるといったところで、アリステアがまた行儀悪く舌打ちをした。

いつもならば嗜める場面であるが、流石にララにもそんな余裕はない。

獣の咆哮がする。おそらくは竜だ。低い、腹の底に響く声。

「嘘でしょう⁉　竜だなんて！」

竜種は魔物の中でも非常に希少で強力な種だ。本来、こんな人間の領域近くにまでやってくるような魔物ではないはずなのに。

「に、逃げなきゃ……」

たとえ天才であるアリステアがここにいたとしても、どうにかできる相手ではない。

先日、たった一匹の若い竜を追い払うために、何人もの老練(ベテラン)国家魔術師が犠牲になったばかりだというのに。

ばさり、と大きな羽が風を掻(か)く音がする。視界が巨大な影で暗くなった。――そして。

大きな衝撃とともに、二人の目の前に巨大な竜が降りてきた。

「助けてくれ……!」

その竜の爪の先に人間が引っかかっている。どうやら大きな怪我(けが)はしていないようだ。

先に派遣されたという、傭兵団の一人だろう。筋肉のついた逞(たくま)しい体躯(たいく)をしている。

そして目の前の竜からは、猛烈な血の匂いがする。やはり、すでに他の傭兵たちは皆食われてしまったのだろう。

「なんてことなの……!」

絶望的な状況に、ララも思わず顔を歪めた。

――かつて、遠い昔、竜には知性があったのだという。

だが今では悪食(あくじき)で、人間はおろか動くもの全てを喰(く)らい尽くす、災害のような化け物になり果ててしまった。

そして一度食べたものは全て吸収し、排泄すらせずにひたすら食べた分だけ肥大していく。

（――背鰭が八つと半……これは、本当にまずいわ）

竜の生態は未だ解明されていないことが多いが、竜の年齢はその背中の背鰭の数で大まかに知ることができる。

一枚形成するのに約十年かかることから、この竜は八十歳と少し、と言ったところだろうか。

竜の寿命は百年前後だ。それを大きく上回ることも、下回ることもない。

その百年で、彼らは目についた人間を含む有機物を食べ続け、やがては膨れ上がって死ぬ。

まるで、神にそう定められているように生まれ、決められた期間を生き、死んでいく。

単体生殖で繁殖はその生涯に一匹～二匹程度であり、数も増えることはない。

彼らの個体数が増え、長生きするようになれば、地上のすべてを食べ尽くしてしまうからではないかと言われている。

つまりは歳を取れば取るほど、竜は巨大化し、強くなる。

古竜と呼ばれるそれらの老齢の竜は、とてもではないが人間の手には負えるものではない。

竜だけは、大魔術師の遺した結界があっても、その強大な魔力から防ぎ切ることができない。

数年に一度、災害のように現れては、人間たちを食い荒らす。

国家魔術師で大隊を作って、多くの犠牲と引き換えにようやく討伐に成功する、そんな化け物なのだ。

そして竜は、普通の人間よりも、魔力の多い人間を好んで食べる。おそらくは糧として、普通の人間よりも何倍も腹持ちがいいのだろう。——つまりは。

爪に引っかかっていたただの人間である傭兵を振り落とすと、竜は真っ直ぐに魔力持ちであるララとアリステアに向かってきた。

慌ててララが魔力による障壁を張るが、まるで薄氷のようにあっさりと壊されてしまう。

「アリステア！　私がここでこいつを食い止めるから、あなたは逃げなさい！」

「冗談はやめてくださいよ師匠！　あなた僕より弱いじゃないですか！」

「それでも私は大人なのよ！　あなたを守る義務があるの！」

ララが叫べば、アリステアはまたしても忌々しげに舌打ちをする。

今日も師匠であるララへの敬意が皆無である。

そして、アリステアはララの命令を無視してその場に踏みとどまると、小さな声で精霊に助力を請うべく詠唱を始めた。

我が国に、彼以上の魔力を持つ人間はいない。もしかしたらこの老齢の竜ですら、倒せるかもしれない。

アリステアの銀の髪が魔力を帯びて逆立ち始める。そんな彼に竜がその前足を振りかざす。

「消えろ……！」

それが振り下ろされる前に、アリステアは竜に向かい、火と風の魔術を合わせて作り上げた巨大な爆炎を放った。

それを、祈るような気持ちでララは見つめる。――――だが。

（やっぱりダメだわ……！）

残念ながら、まともにその魔術を受け、炎に呑み込まれた竜にはほとんど外傷はなく、体を覆う鱗の表面をわずかに焦がしただけで終わった。

そして途切れた炎の隙間から、無情にもそのまま竜の爪は振り下ろされ、それに気付き慌てて飛び退いたアリステアの腹部を、小さく抉った。

竜の鱗はもともと防御用の魔道具に使用されるほどに魔力に対する耐性が強く、その多くを跳ね返してしまう。よって、アリステアの魔術も全て弾き飛ばされてしまったようだ。

「ぐっ……！」

アリステアが呻いて地面に崩れ落ちる。慌ててララは地面に両手をつけると、地下に魔力を流し、竜の足元の土を泥濘に変えた。

ぬかるんだ地面に自重でめり込み、足を取られた竜は体勢を崩して横向きに倒れる。

その竜の巨体が倒れる地響きの中、ララはよろけながらも必死にアリステアに走り寄り、彼の腹部の傷を確認した。

どうやら傷は内臓にまでは到達していないようだが、このまま出血が続けば彼の小さな体はそれほど保たないだろう。――――時間がない。

荷物から止血帯を取り出し、アリステアの腹部にきつく巻く。そして、止血のため彼の怪我周辺の血管に治癒魔術をかけつつ、すぐそばで腰を抜かしている生き残りの傭兵に叫んだ。

「すみません！　私がここで竜を足止めしている間に、この子を連れてここから逃げてください……！」

「師匠……！　くっ……！」

アリステアが咎(とが)めるように声を上げ、痛みに呻く。ララは彼を安心させようと小さく笑って、その銀色の頭を優しく撫(な)でる。

「大丈夫よ。絶対に私は死なないわ。私が生き汚いのはよく知っているでしょう？　ちゃんと後で追いかけるから、あなたは先に逃げなさい」

「いやです！　師匠も一緒に！」

「それは無理よ。さっきあなたが言ったんじゃない。追い詰められて、みんなで死ぬのが関の山だわ」

アリステアの蛋白石(オパール)のような目に涙が盛り上がり、ボロボロと溢(あふ)れ始める。

「いやです……いやです……！　師匠！」

幼子のように駄駄(だだ)を捏(こ)ね縋(すが)り付いてくるアリステアに、ララはとうとう声を荒げ叱りつけた。

「いい加減にしなさい！　アリステア！」

ララが怒鳴る姿を初めて見たアリステアは、その衝撃(ショック)で思わず言葉を失う。

「子供の分際で、死ぬなんて絶対に許さないわ！　生き延びなさい。そしてちゃんと大人になるの。これは師としての私の命令よ」

（——どうか、どうかこの子だけでも）

アリステアの白く滑らかな額に口付けを一つ落とし、ララは叫んだ
「お願いします！　早くこの子を連れてこの場から逃げてください！」

命を助けられたことに恩を感じたのか、傭兵は慌てて立ち上がり、その大きく屈強な体で泣き叫ぶアリステアを抱き上げると、ララに一つ頭を下げて、森の外へと向かって走り始めた。

「師匠！　師匠！　師匠っ……！」

泣き声まじりの声で、アリステアが必死にララを呼ぶ。その声にまるで魂が引きちぎれるような喪失感に襲われるが、それを誤魔化すように、ララは笑う。

——弟子に最期に見せる顔は、やっぱり笑顔が良いに決まっている。

「ふふ、アリスの泣き顔なんて、初めて見たわ」

良いものを見てしまった。あの自尊心の高いアリステアの泣き顔。これはもう一生ものだ。

ララはその幼い顔を胸に刻む。

それからララは踵を返し、もう二度とアリステアを振り返らなかった。師として最期に彼に見せ、教えたいことがある。

竜がその巨体を起こし、ようやく立ち上がる。その目は怒りを滲ませ、ララへと真っ直ぐに

向けられている。

おそらく体を地に着けられたことがよほど許し難かったのだろう。知性もないくせに、妙に自尊心の高い竜である。

（よし、良い感じだわ。このまま私の元に引きつけておかなくちゃ）

『さて、ドラゴンさん。それじゃ私と鬼ごっこでもしましょうか？」

ララはにっこりと笑うと、竜の意識がアリステアの方へと向かないよう、拾った木の枝に魔力を込めて圧縮させ、鋭利な刃として竜の体に飛ばす。

アリステアの魔術は強力だが、先ほどの魔術は範囲の広さにより破壊力が拡散してしまっていた。彼はもともとの魔力が大きすぎて、それらを制御することがあまり得意ではないのだ。

一方ララは、極限まで魔力を圧縮させ固めることにより、小さくとも竜の鱗を貫通するだけの威力を、その小さな枝に持たせた。魔力制御に長けたララだからこそ、できる術だ。

無尽蔵な魔力を持つアリステアとは違い、魔力に限度のあるララは、こうして小手先で戦うしかない。そもそも彼女はあまり戦闘向きではない。普段は土木工事などを担っているのだ。

「行って！」

精霊に命じ、竜に向けて放ったその枝は、狙い通りその鱗の中へと突き刺さる。

竜がその巨体を小さく跳ねさせた。

人間に例えるならば、体中を小さな針の先端で刺された程度の痛みと損傷を与えたにすぎない。だがチクチクと不快なことは確かなのだろう。

怒った竜は、完全にララを標的に定め、襲いかかってきた。

ララはアリステアがいる方向から逆の方向へと向かって全速力で走る。追いつかれそうになるたびに竜の足元をぬかるむ土に変えたり、木に倒れてもらって足止めをしたりと、アリステアたちとの距離を取るべく、必死に逃げる。

だが、やがて体力にも魔力にも限界はくる。ララはとうとう崖際に追い詰められてしまった。

(背鰭を見るに、この竜の寿命は残り二十年もないくらいかしら。――だったら)

鮮度にこだわる竜なのか、生きたままのララを食べるつもりのようだ。竜の大きく開かれた顎が迫ってくる。

これはもう、完全に賭けだ。もしかしたらそのまま二度と目を覚ませないかもしれない。

だが、それでももうこれ以外に方法がない。死にたくないのなら、やるしかない。


(――――死なないと、約束したもの)


あの生意気で、傲慢で、でも本当は寂(さみ)しがり屋(や)の可愛い弟子に。

ララはその場に跪(ひざまず)き、祈るように手を組むと、己の全身に魔力を巡らせて、お得意の時限魔法をねじ込ませた、とある魔術を展開する。

――それは、かつて誰からも愛されなかった幼い日のララが、嵐のようにやってくる暴力から身を守るために、生まれて初めて発現させた魔法。

土の精霊に深く愛された、ララにしか使うことのできない、特別な魔法。

だが、それに気付くことなく、竜はそのままララを丸ごと呑み込んでしまった。

「――――っ！」

同時刻、傭兵の背中で失血のため意識を失いかけていたアリステアは、体に走った小さな衝撃に大きく目を見開き、言葉にならない声を漏らす。

「あ、ああ、あああ」

かつて、師であるララの誕生日に贈った、己の魔力を込めて作った魔石。

いつでも彼女がどこにいるか把握できるようにと、こっそりと位置情報を発信する魔術式を忍ばせた魔石。

何も知らず弟子からの贈り物に純粋に喜んだ彼女が、首飾りにしていつも身につけていた、その魔石が砕け散ったことを、使役している精霊たちが彼に伝えてきたのだ。

――――それはつまり、師匠は。

「──師匠、死んだ……？」

アリステアは呆然と呟いた。

馬鹿みたいにお人好しで、本当は誰よりも苦労したくせに、いつもなんでもないように穏やかに笑っている。

化け物と呼ばれ蔑まれた自分を全く恐れずに、気軽に頭を撫でては甘やかし、毎日「大好き」だと言ってくれた。──愛してやまない、アリステアの唯一。

「ああ、食われちまったんだろうさ……。勿体ないが仕方がない。きれいな姉ちゃんだったが」

傭兵がそう言った瞬間に、彼の体が何かに弾かれ、遥か後方に吹き飛ぶ。

アリステアを中心に、風が渦巻き始める。

（──嘘だ、嘘だ、嘘だ）

──アリステアの希望、光、生きる理由の全て。

「嘘だぁぁぁぁっ！」

そして、絶望した少年の慟哭が、その場に響き渡った。

第一章　石像の乙女

「領主様は素晴らしいお方だ」

村人たちは口々にそう言って、自らの領地の領主を褒め称えた。

ララは彼らから恵んでもらった温かいお茶をすすりながら、少々驚く。

かつて自分が国家魔術師としてこの国に仕えていた頃は、横暴な領主や悪どい領主の話はよく聞いたが、そんな風に民からの信頼の厚い、心ある領主の話など、ほとんど聞いたことがなかったからだ。

なんでも、人の住めぬ魔物たちの跋扈する地であった、ここ『ガーディナー領』にその人は颯爽と現れ、瞬く間に蔓延る魔物たちを駆逐し、ここを支配していたという古竜をも屠り、魔物が入れぬように強固な結界を張って、人間と魔物の勢力図を一気に書き換えたのだという。

そして、その恩賞にこの地を国王より与えられ、伯爵の位を叙爵されると、魔物たちさえいなければ資源が豊富で土壌の豊かだったこの地に、貧しき恵まれぬ人々を次々と受け入れた。

確かにララの記憶によれば、かつてここ一帯は、とてもではないが人の住めるような土地ではなかった。

遥か遠い昔には人が住んでいた形跡があるそうだが、魔物たちが爆発的に増えたという数百年前に、彼らの生息地として呑み込まれたのだ。

それを、ここの領主は人間の手に取り戻したということだろう。

（やっぱり、時間はしっかり二十年分流れているのねえ）

ララはそのことをほんの少し寂しく思う。自分が時を止めていたこの二十年の間に、随分とこの世界は変わってしまったらしい。

村人たちの領主自慢はとまらない。よほどここの領主は民に慕われているようだ。

各地から恵まれぬ孤児たちを受け入れ孤児院を作ったこと、身分に関わりなく子供たちの教育の場を作ったこと、領民の誰もが医療を受けられるよう、地区ごとに診療所を作ったこと。

領主の行う施策は、すべからく弱き者たちに向けて行われていた。

（志のある方もいるのね）

しかも、魔物たちが跋扈していたために手付かずだった金や宝石の鉱山が次々と見つかり、この土地は今、空前の好景気に沸いている。

それにより領主であるガーディナー伯爵は、この国有数の大金持ちとなったのだそうだ。

だが、本人は金に執着せず、その潤沢な資金をこの土地の整備と、領民の生活の向上や福祉、そして、魔物に対する防衛線の構築に使っているのだという。

「領主様は、ご自身のような子供を減らしたいとおっしゃっておられたとか」

領主は、元々は平民の孤児なのだという。それが伯爵となり、領主となり、国有数の金持ちとなった。途方もない成り上がり物語である。

人は、成功と共に苦しい過去を忘れようとする者が多い。かつて弱き立場に身を置いていた自分を、忌み嫌い、なかったことにしてしまうのだ。

けれどここの領主は、それらを忘れることを良しとはしなかったのだろう。どうやら信頼のおける方のようだとララは思う。

そして、そんな高潔かつ有能な領主の元、この土地を開拓して一旗揚げようと、他の土地から流れてくる人間が後を絶たないのだという。

どうやらララも、そんな移民の一人だと、村人たちに思われているようだ。

ここがどこかもわからず、ふらふらと当て所(あど)なく彷徨(さまよ)っていたララを、彼らは暖かく村に受け入れてくれた。

(――本当に豊かな土地なのね)

そんなことが当たり前にできるほどに、彼らにはゆとりがあるということだ。

多くの人間は、自らに余裕があって初めて、他者に手を差し伸べることができるのだから。

「ガーディナー伯爵は、本当に素晴らしいお方なんですね」

ララがしみじみと言えば、村人たちは誇らしげに頷いた。

だがそんな中、一人の中年女性が物憂げにため息を吐いて、口を開く。

「ただ、もう結構なお年だというのに、いまだに奥様をお迎えになってくださらなくてねえ」

彼女の言葉に、村人たちの顔が一様に曇る。

「このまま領主様がご結婚をなさらず、後継となるお子が生まれなければ、この地はいずれ国に取り上げられちまうんだろう？」

領主は元孤児だという。つまりは親族がいない。ならば確かに後継がいなければ、この土地は彼の死後、国に接収され、国の直轄地（ちょっかつち）となってしまうことだろう。

そうなってしまえば、領民が現状通りの生活を保つことは、難しいかもしれない。

「どうやら国王陛下はこの豊かな領地や、人格者であられる領主様のことをやっかんでおられるって話だ。この前もわけのわからん理由でこの領地だけ税金を上げようとして、領主様に突っぱねられたっていうじゃねえか。いつか領主様が亡くなって、ここが国の直轄地になったら、どうなっちまうんだろうなぁ」

「それは困りますねえ……」

何故領民をこれほど不安にしてまで、この地の領主は結婚しようとはしないのだろうか。ラは首を傾（かし）げる。

「それにしても、あんなとんでもない色男だってのに、なんで領主様はご結婚なさらないんだろうなぁ。女だって入れ食い状態だろうに」

「いやぁ、なんでも城に勤めている奴に聞いたんだが、領主様は人間の女が愛せないって噂だ」

「まあ……」

やはり何もかもが完璧な人間などいないのかもしれない。村人から出た不穏な言葉に、ララは眉を上げる。

ララに同性愛者に対する偏見はない。だがこの地方の領主でありながら後継を残せないというのは、由々しき事態ではある。

前述したとおり、この土地はいずれ国に奪われてしまうであろうし、そもそも魔物の生息地であったこの地の防衛が、優秀な魔術師でもあるという領主の魔力で維持されている以上、彼がいなくなれば、領民を守ることも難しいことだろう。

彼と同程度の魔力を持つ新たな守護者が必要となるはずだ。だが、それもまたかなり難しいだろうとララは思う。

かつての同僚であった国家魔術師にも、ララが記憶している限り、この地の領主のように単身で竜を屠るほどの戦闘能力を持った者はいなかった。

だからこそ、かつてこの地は、魔物たちの楽園だったのだから。

魔力持ちの人間は、遺伝、もしくは突発的な変異で生まれる。

そして領主は、ここに巣くっていた魔物や竜を、全て駆逐するほどの優秀な魔術師であるという。ならば本来、その遺伝子を絶やさぬよう、国から婚姻を強制されるはずなのだが。

――つまりは国王すらも彼を恐れ、何かを強いることができない、ということだろう。

それだけでも、ここの領主がとんでもない傑物であるとわかる。

(それにしても、ここの領主様は一体何者なのかしらね)

ララが知る限り、二十年前にそれに該当するような魔術師はいなかった。

――ただ、一人を除いては。

その名前を思い浮かべるが、それはありえないとララはすぐにその考えを打ち消す。

ララの弟子であった彼のことは幼いころから良く知っているが、この土地の領主のように、他人のために動くような性質(タイプ)の人間ではなかった。

才能ある自分に傲(おご)り昂(たかぶ)り、弱さから降りかかる全ての災厄を自業自得と断じ、すぐに他人を見下し鼻で笑うような、傲慢不遜な性格をしていた。

やたらと周囲に牙を剥(む)いては、火種を巻き散らしてしまう、困った坊やだったのだ。

途方もない魔力量を持ちながら、感情的になりやすいがためにそれを制御できず、周囲を吹き飛ばしてしまったことも一度や二度ではない。

ララが保護者として、彼のために一体どれほど頭を下げたことか。

今思い出すだけでも、胃のあたりがきゅっと縮こまるほどである。

(……あの子は、今頃どうしているのかしら)

どうか幸せに暮らしているといい。生意気で、分かり辛くて、世話の焼ける子だったけれど、本当は誰よりも寂しがり屋で、優しい子でもあったから。

そんな風にララが感傷に浸っている間にも、噂話が好きな村人たちの雑談は止まらない。

「領主様の城で働いている親戚から聞いたんだけどよ。領主様のお城には絶世の美女の石像があってな。どうやら領主様は、生きた人間の女には一切興味をお示しにならない代わりに、その石像に懸想なさっておられるとか……」

それを聞いた村人たちが、一様に『うわあ』といった顔をする。

もちろんララも『うわあ』と思ったが、それ以上にひやりと背筋に冷たいものが走った。

もし自分が、その領主様の城から逃げ出してきた石像の一つだったと知ったら、彼らはどう思うだろうか。

やはり、領主に引き渡そうとするのだろうか。

あの日、命を守るためにこの身を石へと変え、竜に呑まれ、ようやく時が満ちて人間に戻れたというのに。

(冗談じゃないわ。私は絶世の美女なんかじゃないし。……きっと人違いならぬ、石像違いでしょう)

そう必死に自分に言い聞かせて湧き出た不安をごまかす。ララは年齢の割に童顔で、愛らしい顔をしているが、反対に体は凹凸がはっきりしていて肉感的で、妙に不均衡な見た目をしている。

自分では気に食わないその見た目は、なぜか一部の男性には熱狂的に支持されるのだが、残念ながらやはり絶世の美女というには無理があると思う。

領主様に一目惚れしてもらえるような、そんな容姿ではないはずだ。

親戚が領主のもとで働いているというその男の話は、さらに続く。

「なんでも、領主様はその美女の石像に美しいドレスを着せ、宝石を飾っては、頻繁に眺め、話しかけておられるとか」

「…………」

先ほどと同じく、村人たちが一様に『うわぁ』と言わんばかりの引いた顔をした。

もちろんララも少々『うわぁ』と引いてしまったが、それ以上に恐怖に震え上がった。

なぜならば、それらにもしっかりと身に覚えがあったからである。

先日二十年ぶりに身体の石化が解けた時、ララは、その身に肌触りの良い極上の絹で作られた貫頭衣型のドレスを着せられており、首やら腕やらにも、やたらと大きく重い宝石がじゃらじゃらと飾られていた。

とてもではないが、それらはララのような一介の国家魔術師が贖えるものではなく、自分が石化している間に一体何があったのかと、頭が真っ白になった。

さらに目覚めたその場所は、まるで聖堂のような厳かな雰囲気の大広間で、驚くほど高いドーム型の天井には美しい神々の絵が描かれ、その下に飾られた繊細なステンドガラスからは、色とりどりの光がララに向かって降り注いでいた。

そして床は、思わず足を踏み出すのを躊躇するほどに、美しく磨かれた大理石。

そんな場所の中心部にある、贅を凝らして作られたと思われる台座に、ララは女神像のように設置されていたのだ。

(――よし、逃げましょう)

まるで宗教施設のような場所で、御神体のように祀られているその事態に、これはいけないと戦いたララは、さっさと逃げることにした。

流石に裸で逃げるわけにはいかないので、着せられていたドレスだけは勘弁していただいて、残りの宝石類はちゃんとその場に残して、ララは立ち去ったのだ。

城の警備は厳重であったが、残念ながらこの程度でかつて国家魔術師であったララを止めることはできない。

長き石像の日々で強張った体を必死に動かし、扉の鍵を魔術で腐食させて壊す。

地から生まれたものは、全て土の精霊に愛されたララの思い通りになる。扉の鍵は、あっさりと外れた。

そして、もちろん城の周囲を取り囲む鉄柵も腐食させ、砕き、自分が抜け出せる程度の小さな穴を作って、その城から抜け出したのだ。

（た、多分石像違いよ……）

ララはまたしても必死に自分に言い聞かせる。きっと石像愛好家だという領主は、あのお城にある全ての石像を、自分と同じように美しく飾り立てているに違いない。

ちなみにララがそのひらひらとしたドレスのまま、ふらふらと当て所もなく裸足で歩いているところを、近くの畑で農作業に勤しんでいる老いた村人から心配され、声をかけられ、村に連れられて、現状に至るのである。

もちろんこのままでは目立つので、石像になる前から元々身に付けていた純金の耳飾りを売って、その金で下着や地味な長衣、靴などの一式を村の服飾店で買い、着替えた。

この地には様々な事情を抱えた流れ者が多いからか、明らかに怪しい見た目のララでも、特に店員から探りを入れられることもなく、すんなりと売ってもらえたのは、ありがたかった。

そしてすっかり一介の村娘の風情となって店を出たところで、先ほど拾ってくれた老人に声をかけられ、この井戸端会議に付き合わされているという顛末である。

供されたお茶は嬉しいし、もともと人の話を聞くことは苦ではないので、ララはいっそ楽しむことにした。現在の我が国の状況も、できるだけ知っておきたい。

（これから王都に帰る費用を作るためにも、働き口を探さなければ……）

幸いこの村の人たちは皆、良い人たちばかりのようだ。できるならここで働く場所を探せたらいいのだが。

「まあ、たとえ領主様が石像にしか興奮しない特殊な性癖の方であっても、素晴らしい方であることには変わりあるまい。きっとこの地の未来についても、なにかしらちゃんと考えてくださっているだろうよ」

領主の性的指向の話を、誰かがなんとかきれいにまとめて、皆が一様に頷く。

どうやら領主は、良き領民にも恵まれたようである。

多少性的指向に問題があっても、領主として真面目に働いてくれれば、領民としては何の問題もないのだろう。世の中、見て見ぬ振りも大切なのである。

さてこれにて一件落着とばかりに、ララもまたお茶を口に含んだところで。

「大変だーっ！」

何やら事件を知らせる大声が聞こえ、驚いたララは飛び上がり、口に含んだ茶を吹き出しそうになる。

緊迫したその声に、周囲にいた村人たちも眉を顰め、何事かと次々に立ち上がった。

どうやら声の主は村の入り口で門番をしている青年のようだ。血相を変えながら、村人に必死に声を張って事態を知らせる。

「なんでも領主様のお城に盗賊が入ったらしい。今、領主様の私兵が村に来ている。怪しい人間は全て報告し、突き出せとの仰せだ！」

その場にいた村人たちの目が、一斉にララに向いた。確かにこの場で最も怪しいのは、突然村に現れたララであろう。

だがララは自分の、見るからにおっとりとした人畜無害そうな雰囲気には自信があった。

実際に村人たちの幾人かがすぐに疑いを解いたのか、各々に視線を外す。

「それで、何か盗まれたんだ？」

「なんでも領主様のお城から、領主様が大切にされていた石像が盗まれたらしい。誰か、石像が入っていそうな大きな荷物を持った、不審な人物を見なかったか？」

その言葉に、村人たちのララへの嫌疑は一気に晴れた。

ララは小柄で華奢な女性であり、とてもではないが一人で石像などという大きく重い荷物を運ぶことなど、できそうにない。

それから、村人たちの顔に一様に哀れみが浮かんだ。ついさっき領主の性的指向の話を皆が聞いたばかりだからだろう。どうやら領主は、愛する石像を盗賊に奪われてしまったようだ。

だがその一方で、ララは間違いなく自分が、その石像を盗んだ犯人であることを確信した。

（その石像、やっぱり完全に私だわ……！）

まさか盗まれたとされている石像が実は生きた人間であり、自らの足でスタコラと逃げ出したなどと、誰も思うまいが。

「領主様は大層お怒りになり、なんとしても取り返せと軍を派遣し、領地外に繋がる街道を全て封鎖したらしい」

それを聞いた村人たちに、困惑の色が広がる。

広大な土地を利用して作られた農作物や、数多ある鉱山から発掘された鉱物類を領地外に売ることで、この地は潤っている。

それなのに街道が全て封鎖されてしまえば、少なからず領民たちの生活に影響が出るだろう。

（……それほどまでに、石像の私は大切にされていたのね）

領民を大切に思っているであろう領主が、彼らの生活を脅かしてでも取り返したいと思うほどに。

石になっている間のララに、もちろん意識はない。体感としては、夢も見ないような深い眠りについていたような感覚だ。

だからその間に自分がどんな扱いをうけていたのかは、全くわからない。

人間であった頃よりも、石像であった頃の方が大切にされていたのかと思うと何やら悲しくも切なくもあるが、人生とは所詮そんなものである。

だが、このまま絶対に見つかることのない石像を探して街道が長きにわたり封鎖されてしまえば、ここに住む領民たちに多大なる迷惑をかけてしまう。

どうやらこの地の領主に、真実を話す必要がありそうだ。

（私は石像ではなく実は生きた人間です。よって、申し訳ありませんがあなたの性的指向には沿えません。他に愛せそうな可愛い石像を探してくださいって？）

そんなことを言ったら間違いなく怒られそうだ。さらには折角人間に戻れたのに、もう一度石像に戻れ、などと命令されたら、うっかり泣いてしまうかもしれない。

だが、これ以上、この地に住む皆様にご迷惑をかけるわけにはいかない。ララは覚悟を決めて立ち上がると、口を開いた。

「あのう、私、その犯人を知っています。どうか領主様のもとへ案内していただけませんか？」

村人たちはそんなララの言葉に驚き、目を見開いた。

そしてララは速やかに拘束され、領主を敬愛する村人たちの手によって伯爵の私兵に引き渡され、逃げ出したばかりの領主の城へと連れ戻された。

ガーディナー城という名のその城は、真新しい、堅牢かつ壮麗な城だ。なんでも十年前に作られたばかりだという。逃げ出した時にも思ったが、やはり領主は金を持っているようだ。

兵士たちに両手を拘束されたまま、城の中を進んでいく。

すれ違い様にララの姿を見た城の使用人たちは、一様にぎょっとした顔をする。

おそらくララが、かつてこの城に飾られていた石像にそっくりだったからだろう。まあ、実際に当の本人なのだが。

すぐに領主との接見が許され、接見室に連行されたララは、その場に跪き頭を垂れる。

やがて乱暴に扉が開かれる音がし、苛立った様子の荒々しい足音が近づいてきた。

やはり領主は相当怒っているようだ。ララは緊張のあまり全身が震える。

（まさか、いきなりばっさりと首を切られたりはしないわよね……？）

そうしたら、また石になるしかない。むしろそうなったら石像愛好家の領主は喜びそうだが。

ララの前で、足音が止まる。目の前にある、獣脂で美しく磨き上げられた男性の皮靴に、彼女は生唾を呑み込んだ。

「――面を上げよ」

低い、腹に響く艶やかな美声が聞こえた。おそらくは領主のものだろう。

（なんて、良い声なの……！）

こんな状況でありながら、ララは思わず聞き惚れてしまった。わずかに魔力を混ぜられているのだろうか。不思議となんでも言う事を聞いてしまいそうになる、魅惑的な声だ。

確かにこの声で命令されれば、人間はおろか精霊たちだって、あっさりと従属し、なんでも言うことを聞いてしまいそうだ。

（そうだわ。顔を、顔を上げないと……）

これ以上不興を買うわけにはいかない。ララは恐怖を押し殺し、気合を入れて、命令されるがままにぐっと顔を上げた。

「――――っ！」

そして領主の姿を見たララは、今度は思わず言葉を失う。

――あまりにも美しい青年が、そこにはいた。

透き通る銀の髪、染みひとつない真っ白な肌。完全なる左右対称で、非の打ちどころなく整った顔立ち。

何よりも美しいのは、ほんの少し眦（まなじり）の上がった、その目だ。

魔術師は、その目の色で相性の良い精霊がわかる。ララのこげ茶色の目が、土を現すように。おそらくあらゆる全ての精霊から愛され、その加護を得ているのであろう。

領主の目は、青を基調にして、様々な色の混じった蛋白石（オパール）色をしていた。

それは、本当に強い魔力の持ち主にだけ現れる色だという。かつて三百年前にこの地に現れた大魔術師もその目であったと言われる。ララも彼の他には、一人しか見たことがない。

（うわぁ、なんて良い男なの……！）

年の頃なら三十歳前後といったところだろうか。滲（にじ）み出る落ち着いた大人の色気がたまらない。身長もすらりと高く、小柄なララは随分と頭を上に傾けねば、彼の顔を見ることができなかった。

（ふむ。確かにこれで石像しか愛せないなんて、もったいないと思ってしまうわね……）

彼の顔をじっくりと眺めながら、そんな呑気なことをララが考えた、その時。

領主の不快げに寄せられていた眉間の皺(しわ)が緩み、形の良い蛋白石色(オパール)の目が、驚きに大きく見開かれた。――――そして。

「……師匠？」

怯えるような、幼い口調で、彼は、ララを呼んだ。

「――なあに？」

かつて彼女をそう呼んでいた幼い声を思い出し、ララは思わず既視感から微笑(ほほえ)んで返事をしてしまった。

「――っ‼」

次の瞬間、ララの視界は真っ暗になり、その体を物凄(ものすご)い力で締め付けられた。

「んんんーっ！」

（何⁉　なんなの⁉）

苦しくて、息ができない。驚いて必死にもがくが、全く動かない。どうやら何か大きなものに覆いかぶされ、抱きつかれているようだ。

「師匠！　師匠！　ああ、師匠……！」

（え？　これ領主様？　一体どうなさったの？）

そのやたらと腰に響く美声に、ララは自らにしがみつくその大きなものが、先ほど顔を合わせたばかりの、この地の領主であることに気づく。

先ほどまでの落ち着いた声が嘘のように、彼は涙まじりの声で、あの子と同じようにララを呼ぶ。

「あのっ……！　苦しいです！　離してください！」

このままでは圧死してしまうと、ララが苦しい呼吸の中で必死に訴えれば、ようやくその腕が緩む。その隙にララは必死に大きく息を吸う。

「いきなり何ですか⁉」

いくらお偉方とはいえ、初対面の女に抱きつくなんて無作法にも程がある。思わずララが抗議すれば、彼のその蛋白石の目から涙が溢れ出た。

「師匠……私がわかりませんか？」

「はい？」

彼の目が悲しみに満ちる。その目に、なぜかララの胸が、酷い罪悪感で締め付けられる。

「――『僕』です。あなたの弟子のアリステアです……！」

「………は？」

一瞬、彼が何を言っているのか、ララにはわからなかった。

（アリステア……？）

その名は、いやというほど知っていた。ララが石像となるまで、ずっと家族として一緒に暮らしていた、少年の名だ。

当時、たった十二歳だった弟子。生意気盛りで、そのくせ寂しがり屋で。

母のように、姉のように慈しみ見守っていた、ララの大切な愛弟子（アリステア）。

もう一度領主の顔をじっくりと見つめてみれば、確かに愛弟子の面影がしっかりとあった。

どうしても小さな彼の印象が強く、立派な成人男性である領主と、すぐには紐付かなかったのだ。

（そんな、馬鹿な……）

そういえば、あれから二十年経（た）ったのだった。ララが石となって眠っている、その間に。

――そう、つまりは。

「本当に、私の可愛いアリスなの……？」

かつて、そう呼ぶたびに拗ねて不貞腐（ふてくさ）れた、少女のように可憐（かれん）で可愛かった弟子。

「――ええ、あなたのアリスです」

だが、むしろ今ではその呼び名を喜ぶように低い声で返事をして、甘く甘く微笑んでみせる。

そこにいるのは、「アリス」と呼ぶにはあまりに不似合いの、そして枯れ切ったはずのララですら思わずくらりとしてしまうほどの、壮絶なまでの色香を纏う三十二歳の男性で。

（嘘……嘘……嘘でしょう……？）

仔犬のようにきゃんきゃん吠える、ララの可愛いアリスは、もうどこにもいなかった。

（いやぁぁぁぁぁーっ‼）

ララは内心で絶叫する。すると現実逃避をするように、ララを激しい目眩が襲う。

ララの魔力も体力も気力も、二十年に及ぶ石像生活でその全てが枯渇していた。

「師匠！　大丈夫ですか？　師匠！　しっかりしてください！　師匠……！」

そして頽れる体を慌てて支えてくれる彼の逞しい腕に縋り付くようにして、ララはそのまま意識を失ってしまった。

第二章　魔法使いの弟子

目が覚めたら、かつて暮らした小さな家の、古ぼけた木の天井であればいいのに。

そんなことを願いながらララが重い瞼を開ければ、そこは重厚な薔薇色のビロード生地をたっぷり使って作られた、豪奢な寝台の天蓋だった。

我が身を包み込む、これまで体験したことがないほど柔らかな極上の感触に、そっと体を見下ろせば、ララは薄絹で作られたネグリジェを着せられていた。

洗濯のし過ぎで強張った綿の生地の感触に慣れている身としては、どうにも落ち着かない。

「あ──……」

全て夢であってほしいと願ったが、残念ながら夢ではなかったようだ。贅を凝らした寝台からそっと身を起こし、ララは深いため息を吐いた。

間違いなく時間は二十年間しっかりと流れていて、可愛かった愛弟子は立派な成人男性となり、英雄となり、この地を治める伯爵となって、ララの前に現れた。

（……それは、喜ぶべきことだわ）

立派な大人になった弟子。もう、あの小さなアリステアはいないのだ。

彼の成長をその近くで見守れなかったことが、少し……いや大分寂しいだけで。

ララは過去を懐かしみ、目を瞑る。

過去とはいえど、二十年間まったく意識のなかったララの体感としては、ついさっきまで、アリステアは十二歳の少年だったのだ。

生き延びるために仕方のない選択だったとはいえ、ララの心は失われたその時を想って痛む。


――こうして瞼を閉じれば、今でもあの幼い笑顔が浮かぶのに。


国家魔術師ララ・ブラッドリーが、最愛の弟子であるアリステアに出会ったのは、二十歳になってすぐのことだ。

何度も何度も落ちながら、ようやく四度目の挑戦で難関である国家魔術師試験に合格し、国に仕える魔術師の一員となったばかりの頃だった。

そんな新米魔術師のララが、突然魔術師長であるルトフェルに呼び出された。

ルトフェルはララの命の恩人であり、子供の頃から交流があったが、国家魔術師となってからはけじめをつけるべく、雲の上の存在である彼とは個人的な付き合いはしていなかった。

彼もそんなララの決意を感じていたのだろう。これまでこんな風にララを個人的に呼び出すようなことはなかったのだが。

緊張しながらも、王宮の一角にある彼の仕事部屋の扉を叩く。

すると聞こえてきた「おう、入ってくれー」という、昔ながらの彼の呑気そうな声に促されて入室する。代々の魔術師長が使ってきたというその部屋は重厚な雰囲気で、天井まで続く巨大な本棚があり、大量の魔術書に溢れていた。

「突然悪いな。ララ。お前に頼みがあってな」

その部屋の中心に置かれた執務机に、この国で最も力ある魔術師であるルトフェルはいた。

彼は火の精霊に特別に愛されており、燃えるような赤金色の髪の毛に、赤い目という一見迫力ある見た目をしている。

だがその中身は、明るく人懐っこい、人の良いおっさんである。

そこで緊張の中、ルトフェルに持ち出された提案に、ララは驚き目を見開いた。

「弟子……ですか？」

「ああ、そうだ。お前に弟子をつけたい」

確かに国家魔術師は、この国の国防の要であり、憧れの職業だ。

彼らのほとんどが後進を育てる義務を負い、多くの弟子を抱えている。

だが、ララは数ヶ月前にようやく国家魔術師になったばかりの新人であり、さらにいえば今年度新たに国家魔術師となった数人の魔術師の中でも、中の下くらいの実力の持ち主であった。

つまりは天才でもなく、魔力量が多いわけでもなく、凡才がひたすら努力の末にその資格を勝ち取ったに過ぎない。

そんなララが弟子を取るのは、流石にいくらなんでも時期尚早であると思われた。

「あの、せっかくのお話なのですが、私はまだ自分のことで精一杯でして」

不器用で要領の悪いララは、国や上官から与えられる任務をこなすだけで、その日一日が終わってしまう。よって毎日が残業の日々だ。

もっと適任がいるだろうと、恐縮しながらも、なんとか断りの言葉を唇に乗せる。

「そうだよなぁ。そりゃわかっているんだが、俺はやはりお前が適任だと思うんだ」

その言葉から、ルトフェルがララの弟子としたい相手は決まっているようだった。

「……何か、ご事情がおあり、ということですね。それをお聞かせ願えますか」

ララが聞けば、ルトフェルはにがり切った顔をした。

「正直に言おう。――化け物だ」

「……化け物、ですか？」

「ああ。だからこそお前なら、と思っている」

ルトフェルは、ララの能力を知っている。だからこそ、この提案をしてきたのだ。

やはりこれは相当に危険な案件なのだろう。ララは思わず眉を顰めた。

だが、こうして包み隠さず話してくれる彼は、信頼に値するとも思う。

子供の頃からララはずっとルトフェルの世話になってきた。できることならば彼の期待に応えたいが。

「――悪いが会うだけ会ってみてくれないか。正直お前にまで断られてしまったら、あの子はもう殺処分になってしまうかもしれない」

あまりにも不穏な言葉に、ララは息を呑む。『あの子』と言うくらいだから、おそらくはまだ幼い子供なのだろう。

そんな子供を殺処分するなどと、流石に聞き流すことはできない。

「そんなことを知ってしまったら、もう断れないではないですか」

小首を傾げて、ララは困ったように笑った。

自分もまた、かつていらないと親に捨てられた子供だった。ルトフェルに拾われなければ、間違いなく死んでいただろう。

「――――すまない、ララ。お前しかいないんだ。頼む」

ルトフェルが潔く頭を下げる。国家魔術師の主席である彼に、そして大恩ある彼に頭を下げられては、ララに断れるはずもない。

「わかりました。とりあえず、まずはその子に会わせてください。それから私の手に負えるものなのか、判断させていただきます」

それを聞いたルトフェルは、ぱっと表情を明るくしてみせた。

体良く使われていることは理解しているが、彼のその顔を見ていると、できるだけ頑張らねば、と思ってしまうから困ったものである。人徳のなせる技だろう。

そして彼女がルトフェルに連れて行かれたのは、王宮の端に建てられた、国家魔術師を管轄している魔術省のある建物の地下室だった。

こんなところがあるなどと、ララは全く知らなかった。聞けば、魔力あるものが犯罪を犯し捕縛された際に使用される、特別に作られた留置所のような場所なのだと言う。

おそらくは、本来ならララのような新米が入れる場所ではないのだろう。

重く頑丈な金属製の扉の奥、地下室へと続く階段を下りれば、そこには思いの外、広い空間が広がっていた。

そして、床にはおびただしいほどの精霊文字が刻まれた巨大な魔法陣があり、その中心に、小さな男の子が膝を抱えて座っていた。

なるほど、確かにこれだけの重設備であれば、どんな魔術師でも逃げられまい。

ララたちが入ってきたというのに、火の精霊たちが踊るランプに照らされたその子供は、抱えた膝から、顔を上げようともしない。

小さな体は痩せ細り、垢に塗れている。おそらくは銀色だとおぼしき髪は、艶がなくボサボサで、櫛も鋏も入れられた形跡が全くない。

「まあ……！」

見るからに哀れみを誘うその姿に、ララは思わず声を上げて、弾かれたように走り出す。

ご飯をお腹いっぱい食べさせてあげたい。病気にならないようその体を綺麗に洗ってあげたい。そして抱きしめて「もう大丈夫よ」と言ってあげたい。

子供好きなララはそんな欲求に駆られ、両腕を広げその子を抱き上げようとした。

するとその時、目に見えない何かに体を弾き飛ばされた。

「きゃあ！」

「ララ……！」

ルトフェルがすぐに魔力で障壁を張ってくれたため、怪我をすることはなかったが、それはその子供にそれ以上近付こうとする気概を、一気に削ぐものであった。

「ルトフェル様。これって……」

「……見ての通りだ。この子に不用意に近づこうとすると、この子を守ろうとして、精霊たちが無差別に攻撃してくる」

どうやら彼の意志というよりは、精霊たちが彼を勝手に守っているといった感じだろうか。

彼は、余程精霊に愛されているようだ。

「今でこそ初代魔術師長のおかげで、魔術師は魔物に対する人間の対抗手段として重用されるようになり、都市部じゃ持て囃されているが、この子が生まれた田舎じゃ未だに魔力持ちに対する根深い偏見があって、迫害を受けていてね」

ララは痛ましげに目を伏せた。自分もまたかつて、魔力のせいで気味が悪いと親に捨てられた子供だったからだ。

「この子は口減らしに実の親に山に連れ出されて殺されそうになったところで、それまでずっと体に溜め込んでいた魔力を一気に爆発させたらしい。そのせいで小さな山が一つ、丸ごと吹き飛ばされ、この国の地図上から消えた」

それを聞いたララは絶句する。これまたとんでもない話だ。果たしてこの子はその身に一体どれだけの魔力を持っているのか。

「すぐに国家魔術師が派遣され彼を保護しようとしたが、その強大な魔力の前に尽く失敗し、今回俺が十人ほどの部隊を作って直々に出向き、ようやく捕獲に成功して、ここに封じ込めたってわけだ」

「そ、それはまた……」

幼子一人に、古竜討伐に匹敵するほどの大事である。ララは唖然とした。

なるほど、道理でこの少年が『化け物』と呼ばれるわけだ。

「――それで、皆様怖がってしまわれたのですね」

確かに、その強大な魔力を爆発させ周囲を消滅させかねない危険な存在を、自らの側に置いても良いという人間は、そういないだろう。誰だって自分の命は惜しい。

「その通りだ。正直俺ですら若干この子が怖い。だがうまく導くことができれば、彼は間違いなく国一番の優秀な魔術師となり、我が国の宝となる」

一方でルトフェルがこの少年を惜しむ気持ちもわかる。彼は人間が魔物に対抗するための、強大な武器となり得る。

だがルトフェルはすでに多くの弟子と仕事を抱えており多忙であり、その上、まだ小さな幼子三人の父親だ。確かにこの子を引き取り、育てるのは難しいだろう。

「……なるほど。そこで私、というわけですね」

「ああ。ララの能力は、この子向きだと思った。お前ならこの子が暴走しても自分の身を守れるだろう？　しかもお前は努力家でその知識量と魔力制御に俺は一目置いている。この子に教えてやれることは、多いはずだ」

確かにララはそういった意味では、彼にとって最も相性の良い師であった。

「それにお前は、無類の子供好きだろう？　できるならばこの子に、人の優しさや温もりを教えてやりたいんだ」

ララは子供が大好きだ。だからこそ今でも育ててもらった孤児院に、給料から多額の資金援助をし、休みの度に顔を出しては子供たちの世話をしつつ、一緒に遊んでいる。

「どんなに強大な魔力を持っていたとしても。やっぱりこの子は、子供なんだと思うんだよ」

ルトフェルの言葉に、ララの覚悟は決まった。

「……やってみます。ルーおじさま」

昔ながらの呼び名に、ルトフェルが嬉しそうに相好を崩す。

かつて親に捨てられ、当て所なく彷徨っていたララを拾い、信頼のおける孤児院へ預けてくれた、ララの恩人。

預けた後も、時折孤児院に顔を出しては、ララの成長を喜んでくれた、優しい人。

自分にそれなりの魔力があると知った時、彼と同じ国家魔術師になろうと決めた。ララの尊敬する人。

「怯えさせたくないので、今から私とこの子を二人にしていただけますか？　それから、二人分の食事の用意を。できるなら、消化の良いものでお願いします」

「わかった。任せてくれ。それじゃあ、あとは若いもの同士で」

ララの頼みを請け負って、まるで見合いの席のような笑えない冗談を言った後、ルトフェルはその場を後にした。

小さな少年と二人きりになったララは、床にぺたりとうつ伏せになると、そのまま腕で体をずりずりと引きずりながら少年に近づいていく。

いわゆる匍匐前進の体勢のまま、先ほど何かに弾かれた場所に到達するが、今回は弾かれる様子はない。思った通りだとララは微笑む。

おそらくこの少年よりも大きな体のものが近づいて来たときに限り、精霊たちは攻撃を行なっているのだろう。

だからこそララは、こうして匍匐前進の体勢で、彼よりも低い位置から彼のもとへ向かえば、攻撃されないだろうと考えたのだ。

這（は）いずって、とうとう手を伸ばせば少年に触れられる場所まで来て、ララは彼に声をかけた。

「はじめまして。ねえ、あなたのお名前は？」

「…………」

聞こえてはいるだろうに、ララの問いに少年は答えない。顔を上げることすらしない。

「お腹が空いているでしょう？　私と一緒にご飯を食べない？」

「…………」

やはり少年は答えない。だが、彼のお腹はぐぅと小さな音を立てた。どうやら体は素直なようである。思わずララはくすくすと声をあげて笑ってしまった。

「うふふ。どうやらあなたの代わりにあなたのお腹が返事をしてくれたようよ。ねえ、一緒にご飯を食べましょうよ」

ララが強引に話を進めれば、少年がようやく少しだけ顔を上げた。その顔を見て、ララは思わず歓声を上げる。

「――まあ！　なんてきれいなおめめなの！」

少年は痩せこけており、元々大きな目が、さらにぎょろりと痛ましいまでに大きく見える。

その目の色は、美しい蛋白石（オパール）色だった。瞳の中に様々な色が複雑に混ざり合い、躍っている。

ララはその色の美しさに、うっとりと見惚れてしまった。

目をキラキラさせながらさらに顔を寄せてくるララに、少年はぎょっとした顔をする。

『きれいね……！』

うっとりと自分の目を見つめる見知らぬ女に対し、どうしたら良いのかわからないのだろう。

少年はふいっと顔を逸らせた。その頬が、わずかに赤い。

わずかながら、彼の表情を引き出せたことが嬉しくて、ララは笑う。

「あーっ。隠さないで。ねえ、お願い。もっと見せてちょうだい」

さらに顔を近づけ、そっと手のひらで少年の頬に触れると、その顔をぐいっと自分の方へと向けさせる。

びくりと彼の体が大きくが震えた。その蛋白石色の目がさらに大きく見開かれる。

「ああ、本当になんて綺麗なのかしら。いつまでだって見ていられそう」

そんなララの猛攻に屈したのか、とうとう少年が、その重い口を開いた。

「あんたは、ぼくがこわくないのか……？」

怯えた、幼い声。それが聞けたことが嬉しくて、ララは思わずまた笑ってしまった。

「全然怖くないわ。大人が子供を怖がってどうするのよ」

這いつくばったまま、ララは偉そうに言う。

もちろん、実際にララがこの少年を怖がらない理由は、それだけではなかった。

ルトフェルが彼にはララが最適だと言った、その理由。

自らの危機に、ララはその身を硬い石に変えることができる。土の精霊に愛された、ララだからこそできる魔法。ララは、子供の頃からそうして身を守ってきた。

だからこの子がララを吹き飛ばそうとしても、ララの命は守られる。

だが、あえてそのことを、ララは彼に言わなかった。

きっとこの子は、安全な場所から差し出された手など、欲しがってはくれないだろうと、そう思ったからだ。

彼に、これ以上、下手な懐疑心を持ってほしくなかった。

少年が困った顔をしている。だが、未だ己の頬にあるララの両手を振り解かないあたり、きっと人に期待する心を完全には失ってはいないのだろうと、ララは思った。

――かつての、自分のように。

「ねえ、あなた。うちの子にならない？」

もう、ララは彼を見捨てることなどできなかった。おそらくここでララがこの少年を手懐けられなければ、この子は殺処分となってしまう。

そんな勿体の無いことは、絶対にしたくなかった。この子には、ちゃんと心がある。

「は？」

少年が不可解そうな顔をする。言い方が良くなかったかと、ララは言い直す。

「私、これでも国家魔術師なの。ただいま初弟子を募集中。ぜひ、あなたになってほしいのよ」

少年は、まだ混乱しているようだ。そんな彼を、なんとかうまく言い包められないかと、ララは必死に頭を巡らせる。

「私と一緒に、まずは魔力の制御方法を覚えましょう。そうすれば、あなたは無意識に他人を傷付けずにすむわ」

それを聞いた少年は、すがるような目でララを見た。やはり、とララは思う。

彼は「両親」を殺めてしまった。たとえ、彼らが子供を殺すことを躊躇わないような悪辣な人間であったとしても、そのことは、彼の心を確かに傷つけたはずだった。——そして。

「正直貧乏魔術師だから、お賃金はそれほど出してあげられないけれど、暖かな住居と三食昼寝付きは保証するわ」

彼を怯えさせないよう、ララはニコニコ笑いながら提案をした。

お願いだからどうか「はい」と言ってほしい。どうかこの手をとってほしい。そう願って彼を見つめる。

「……ぼくで、いいの？」

長い逡巡の後、不安そうに少年は聞いた。ララはもちろん、と胸を張り、はっきりと肯定してやる。

「私、あなたがいいわ！」

すると少年の周囲から、それまであった攻撃的な精霊の気配が消える。

そして、彼はこくりと一つ頭を縦に振った。

おそらくは、それとて途方もない勇気を必要としたのだろう。

彼の顔は、耳まで真っ赤になっていた。

「よし、契約成立。これであなたは私の弟子よ！　ねえ、あなたの名前を教えて」

すると少年は、今度は小さな声ながらも、しっかりと答えてくれた。

「……アリステア」

ようやく知ることができた少年の名前は、綺麗な響きをしていた。彼によく似合う、可憐な名前だ。もちろんララも自己紹介する。

「私の名前はララ・ブラッドリーよ！　ララって呼んでちょうだい。これからよろしくね！アリス！」

「アリスじゃない。アリステアだ」

すぐさま少年が怒った顔で抗議をしてくる。どうやらそれは、彼にとって譲れないところであるらしい。そんな顔も実に可愛らしくて、ララはニヤニヤ笑いが止まらない。

「あら、ごめんなさいね。アリステア。これから仲良くしましょうね」

そう言ってララが差し出した手に、アリステアはまるで熱いものに触れる時のように、恐る恐ると触れる。

それに焦れたララは彼の手をぎゅっと掴んでやる。彼の体が少し飛び跳ねた。

「……よろしくおねがいします、ししょう」

そして、くしゃりと泣きそうな顔をして、彼は言った。

なるほど、彼とは師弟関係になるのだから、確かに自分は師匠かもしれない。

アリステアの古臭い物言いがおかしくて、ララはまた笑った。

「おー。早速仲良くなったみたいじゃないか。流石はララ。良きかな良きかな」

するとその時、背後から間伸びした呑気な声が聞こえた。

どうやらルトフェルが戻ってきたらしい。

「聞いてくださいルトフェル様！　アリスが私の弟子になってくれるって！」

「アリス？」

「だからアリステアだ！　アリスじゃない！」

アリステアが怒って叫んだ。元気なその様子にルトフェルも嬉しそうに頬を緩める。

「そうか。よかったなぁ。ほら飯持ってきてやったぞ。それからララ。お前、床に這いつくばって何をしてるんだ？」

ルトフェルに言われて、未だに匍匐前進の体勢だったララは、慌てて身を起こした。流石に我が国が誇る魔術師長を前に、この体勢は不敬にも程がある。

一張羅の国家魔術師を表す黒の長衣（ローブ）の、前身頃が埃（ほこり）で真っ白になっていた。黒は案外汚れが目立つものである。慌てて手で払って姿勢を正し、言い訳をする。

「多分、アリステアは体の大きな大人が近づくことが怖いのではないかと思ったのです。私もそうだったので。だから姿勢を低くして近づけば大丈夫かな、と」

ララも幼い頃、体が大きな大人が近づいてくると、殴られるのではないかと酷く怯え、身を竦（すく）ませたものだった。

「………」

何かを察したように、アリステアは押し黙る。ララはごまかすように笑った。

「低くするにもほどがあるだろう。まあいい。ほら、二人とも腹が減っているだろう。食べろ」

そして少し呆（あき）れた様子のルトフェルから差し出されたのは、牛乳でパンを煮込んで作られたパン粥（がゆ）だった。確かにこれなら胃にそれほど負担をかけずに食べられそうだ。

そのパン粥を受け取ると、ララはまず匙（さじ）で表面を掬（すく）い、そのまま自分の口に含んだ。毒が入っていないことを、アリステアに示すためだ。温められた牛乳の、柔らかな甘味（あまみ）が口の中に広がる。

子供が好きそうな味だ。やはり小さな子供を三人も抱えているルトフェルは、よくわかっている。

そしてその匙でまた粥を救うと、今度はアリステアの口元へと運ぶ。

「はい、あーん」

アリステアは素直に口を開き、ぱくりとその匙を口内に受け入れる。

それからもぐもぐと口を動かし、ほうっとその表情を緩めた。

その様子をつぶさに見ていたルトフェルとララはほっこりして、顔を見合わせて微笑み合う。

食べ終えたのを見計らい、ララはもう一度匙を彼の口元へ運んだ。するとそこでようやく給餌のような構図に気が付いたのだろう。口を開けかけたアリステアは慌ててその口を噤むと、また顔を真っ赤にした。

「ぼくはそんなにちいさくない！　ばかにするな！　もう八さいだ！　じぶんでたべられる！」

どうやらここで、楽しい給餌時間は終了のようだ。気付かれたかと少々残念に思いつつも、ララは彼のいと高き自尊心のため、素直に粥の入った器と匙を渡してやった。

そして、受け取ってすぐに一心不乱に食べるアリステアを、ルトフェルとともに微笑ましく見守る。

パン粥はあっという間に全て彼の胃袋に収まった。やはり随分と腹を空かせていたのだろう。

彼は八歳だというが、その見た目は一般的なそれよりも、はるかに小さい。

栄養不足であることは明らかだった。さらに年齢の割に少し言葉が幼いのも、やはり真っ当に教育を受けていないからだろう。

まだ物足りなさそうではあるが、長い空腹の末にいきなり量を食べれば内臓が驚き、むしろ体を壊してしまう。

（でも元気になったら、いっぱい食べさせなくちゃ）

ちゃんと彼を、年相応の大きさにしてみせる。

これまでは自分一人のことだけを考えればよかったが、これからはこの小さなアリステアを育て、導いていかねばならないのだ。

保護者としてしっかりしなくては、とララは決意を新たにする。

「ではルトフェル様。アリステアを家に連れ帰って良いですか？」

「ああ。もちろんだ」

アリステアがゆっくりと自らの足で立ち上がった。だが、すぐにふらつきその場にしゃがみ込んでしまう。

長い時間体を動かしていなかったからか、それとも飢えていたからか。まともに歩くこともできないようだった。

「嫌かもしれないけれど、すこし我慢してちょうだい」

ララが何をするつもりなのかわかったのだろう。アリステアは屈辱に唇を噛み締める。

彼の自尊心を傷つけることに少々の罪悪感を持ちつつも、ララは彼の前にしゃがみ込む。

その背にしばしの躊躇(ためら)いの後、薄い体が乗ってきた。

そのままララは、アリステアを背負ってゆっくりと立ち上がる。彼のあまりの軽さと細さに、何やら涙が出てきそうだった。

「ではルトフェル様、また明日」

「いや明日は仕事を休んでいいぞ。ララ。アリステアの新生活の準備をしてやってくれ。その子はいずれ必ず我が国の宝になるはずだ。大切に育ててやってくれよ」

背中の小さな体が、またびくりと小さく震えた。ララは彼を宥めるように、体を上下に揺らす。

「――もちろんです。でも別に国の宝じゃなくたって、ちゃんと大切にしますよ。私の初弟子ですもの」

いずれ利用価値が出るから育てられるのだと、アリステアに勘違いされたくなくて、ララはルトフェルにぴしゃりと言い返した。

それを聞いたルトフェルは、楽しそうに笑った。

「ああ、そうだな。悪かった。どうか歳の離れた弟のように、可愛がってやってくれ」

それからララはルトフェルに一つ頭を下げると、王宮を出て王都郊外にある自宅に向かい歩き始めた。

道ゆく人の目が気になるのか、アリステアは小さな体をさらに縮こまらせて小さくしている。

（案外恥ずかしがり屋さんなのかしら。それとも自尊心が高いからかしら）

もしくは両方かもしれない。ララは少しおかしくなって笑う。

それでも彼の体の強張りを解いてやりたくて、ララは小さな声で歌を歌い始めた。遠い昔、大好きだった母が、よく歌ってくれた子守唄だ。


――おやすみなさい、愛しい子。どうか、どうか良い夢を。


愛する我が子の健やかな眠りを願う、優しい優しい魔女の子守唄。

しばらくすると、背中のアリステアが、わずかに重みを増した。おそらく子守唄と心地よい規則的な揺れで、眠ってしまったのだろう。

子供らしい彼の様子にララは微笑むと、そのまま小さな声で歌を歌いながら歩いて行った。

一流の国家魔術師となれば、王都の一等地に家を買うこともできるのだろうが、生憎まだ駆け出しのララにそんなお金はない。

ララは王都郊外にある、古く小さな借家で暮らしていた。

家についてすぐに、ララは汚れきったアリステアを有無を言わさず浴室に放り込み、上から下までゴシゴシと洗った。

骨と皮だけのような薄い体には、無数の痣や傷痕があり、彼が山ごと吹き飛ばし自分の両親を殺めてしまうまで、どんな扱いを受けていたのかが、容易(たやす)く想像がついた。

わずかに盛り上がった傷痕に指先が触れるたび、この傷を受けた時の彼の痛みを想像してしまい、目に涙が滲んだ。

（この子を幸せにしなくちゃ……）

せっせと彼の体を洗いながら、ララは決意を新たにする。

弟子として受け入れると決めた以上は、大切に育てるのだ。アリステアが子供らしく、生きることを楽しめるようになるように。

苦心の末、綺麗さっぱり洗い上げてみれば、アリステアは驚くべき美少年であった。

汚れて黒ずんでいた肌は真っ白になり、絡まってひどい匂いだった髪は、銀色に光り輝いた。

「我ながらいい仕事をしたわ。アリステアは本当に綺麗ね」

思わず額に浮かんだ汗を拭いつつ、ララは自分の健闘を称(たた)える。するとアリステアは恥ずかしそうに俯(うつむ)いた。

（うん。可愛い。ちゃんと、普通の子供だわ）

ルトフェルの言うように、彼のことを化け物だとはどうしても思えなかった。

だがきっとアリステアは、その身に宿す強大な魔力ゆえに、周囲の人々から恐れられてしまうのだろう。これから先も、ずっと。

だからララは、自分だけは正しく彼を子供として扱おうと、そう決めたのだった。

そして、そんなララのしつこいほどの愛情を受け、アリステアはすくすくと育った。これまで押さえつけられていたものが、一気に花開くように。

アリステアは年齢以上に目先が利く子供だった。仕事で忙しいララを気遣い、家事も率先して手伝ってくれる。もともと生家でもやらされていたのだろう。

そして気がつけば、ララよりも家事をこなすようになっていた。

おかげでララが仕事から帰ってくると、家中がピカピカで、食事の支度まで済んでいる。

子供を働かせることは本意ではないと何度も止めたが、アリステアはやめない。

「……師匠の要領が悪過ぎて、見ていられませんので。大体僕がやった方が早くて綺麗でしょう？」

そんな憎まれ口を叩かれたりもするが、つまりは仕事に疲れたララを気遣ってくれる優しい弟子なのである。

頭の出来も良いらしく、あっという間に言葉を覚え、文字を覚えた。

「……なんだ。一度仕組みを覚えれば、案外簡単なものですね」

あの舌足らずな感じが可愛かったのにと、少し寂しくなったのは怒られるので内緒である。

つまり彼は、これまで本当に何も与えられず、手をかけられることもなく、育ってきたのだろう。

アリステアの心の傷は深く、時折眠っているとうなされることも多かった。深夜に何かを探すように、ふらふらと眠りながら家中を夢遊することもあった。

その度にララは彼の手を引き、一緒に彼の寝台に入り込んで、しっかりと抱き締めて眠った。

絶望的なまでに、子供にとって、親は世界の全てだ。

どれほど殴られようが、罵倒されようが、愛されたいと願ってしまうものだった。

両親に殺されかけるまで、アリステアもきっと、彼らに愛されたいと願っていたはずなのだ。

自らの手で、その可能性を完全に潰してしまうまで。


「――――大好きよ。私の可愛いアリス」


だからララは、取り返しがつかないほどに傷ついた彼の耳元で、そう繰り返した。

彼の存在を喜ぶ人間が、間違いなくここに一人いるのだと。そう伝えるために。

そんな風に毎日を、師弟はまるで本当の家族のように共に過ごした。

やがて、アリステアは時折笑顔も見せてくれるようになった。そのことが、どんなに嬉しかったか。

大変なことも多かったが、彼のためならば、ララはなんだってできると思ったものだ。

大事な愛弟子との幸せな日々を思い出し、ララの視界が潤む。

（まさか三十二歳になったアリスと、再会することになるとは思わなかったわ……）

自分が呑気に石になっている間に、弟子はララの年齢を超えていた。

（でも、アリスが生きていてくれて、よかった）

彼がちゃんと、ララの願った通り、生きて大人になってくれたことが、嬉しい。

だがその一方で、ララは村人たちから、アリステアが石像となった自分をせっせと愛でていた、という話をしっかり聞いていた。

それはつまり、アリステアがいまだにララに執着しているということではないだろうか。

――――もちろん、恋愛的な意味で。

（私のことなんてさっぱり忘れて、幸せになってくれればよかったのに……）

それについては完全に想定外だった。小さな初恋など、いつか消えるものと思い込んでいた。

彼が過ごしたであろう長き喪失の日々を思い、ララは目を伏せる。

それから酷く重く感じる体を、気合を入れて起こした。いつまでも、寝台の上で丸くなって現実逃避しているわけにもいくまい。

その時、右の足首に違和感を感じ、掛布を捲ってみる。すると、足首の周りをくるりと、黄金の細い鎖が巻かれていた。

その鎖は、濃密な魔力を纏わせている。――ララのよく知った魔力を。

一体なんだろうとその鎖をしげしげと眺めていると、突然部屋の扉がノックされた。

驚いてララは寝台の上で飛び上がる。それから何度か深呼吸して呼吸を整えると「どうぞ」と応じた。

するとララの許可を得て、扉がゆっくりと開かれる。

そこにいるのは案の定、立派に育って若干良い感じに熟成まで始まった、愛弟子のアリステアその人だった。

「師匠、お加減はいかがですか？」

彼はララが横たわる寝台に近づくと、心配そうにララの顔を覗き込み、聞いてくる。

その顔は過去になかった渋みが加わって、罪深いほどにララの好みである。

（ま、眩しい……）

くらりとしかかったララは、思わず年上好きの自分を恨む。

いくら好みとはいえ、幼い子供の時から知っている相手を、男として意識してどうするのだ。

緊張し、バクバクと脈打つ心臓を必死に宥めながら、ララは口を開く。

「だ、大丈夫よ。魔力と体力と気力が切れただけで」

「そうですか。それはよかった」

アリステアは嫌味のない笑顔で笑う。かつての捻くれた雰囲気は、もうどこにもない。

失われてしまえば、それを妙に惜しみ懐かしむのは、人間の悪い癖だ。

「あの、アリステア」

「はい、なんでしょう」

「……その、師匠というのはもうやめてちょうだい。ただのララでいいわ」

随分と年上の男性に、『師匠』と呼ばれることが、なにやら妙に落ち着かない。

そもそもアリステアは古竜を屠り英雄となり、伯爵となり、この地の領主となり、民に敬愛されている立派な人だ。自分はそんな彼に『師匠』などと呼ばれるに値する人間ではない。

しかも、すでに師弟関係は解消されているはずだ。もう、彼に師匠と呼ばれる理由がない。

ララがそう言えば、アリステアは嬉しそうに笑った。

「そうですか。ではお言葉に甘えて。――――ララ」

腹に響く、低く甘ったるい声で名前を呼ばれる。これはこれで破壊力が抜群だ。

なにやらララの体に、ゾクゾクとした甘い感覚が走り、腰が砕けそうになる。

いつから我が弟子（元）は、こんなけしからん色気を身に纏うようになってしまったのか。

思わずララが顔を真っ赤にしながらしどろもどろになっていると、アリステアは悪戯っぽく楽しそうに笑った。

「ああ、そういえばララは、常々おっしゃっていましたよね。男は三十歳過ぎてからだと」

「そ、そうだったかしら」

言った。確かに言った。だがなんとか誤魔化そうと、ララの目が宙を泳ぐ。

「ララ、私、三十二歳になりましたよ」

「そ、そうね。そうかもしれないわね」

返答が明らかにおかしいが、ララは必死である。まだだ。まだ決定打は来ていない。

なんとかこの状況を打開する方法はないかと、必死に頭を巡らせる。

だが、聡(さと)い弟子は長き付き合いで、かつての師の思考回路を完全に把握していた。その美しい顔に、身の毛がよだつような嗜虐(しぎゃく)的な笑みを浮かべ、ララに手を差し伸べると、口を開く。

「――ほら、ララの大好きな、年上の男になりましたよ？　諦めて私と結婚してください」

「ぐっ……！」

そして決定打は実にあっさりと来た。もう少し手加減をして、溜めを作ってくれてもいいのではないかとララは思う。

（この子の執着を、甘く見ていたわ……！）

ララは内心悲鳴を上げる。まさかここまで執念深く追いかけてくるとは思わなかった。

こちらをじっと見つめてくるアリステアの、熱っぽく潤んだ瞳に体が震える。

正直に言えば、元我が弟子ながら、やはり大変に好みである。

ララが理想とする、少し危険な大人の雰囲気を纏った男性が、そこにはいた。

だが彼の八歳時の姿を知っている身としては、そして元保護者の身としては、どうしても背徳感が拭えないのである。

「あの、あなたの気持ちは嬉しいのだけれど、子供の頃から知っている男性を、恋愛対象にするのはなかなか難しいと思うのよ」

「むしろ育てたならば責任持って、ちゃんと最後まで面倒を見るべきだとは思いませんか？」

「そんな……愛玩動物（ペット）じゃあるまいし」

「ああ、愛玩してくださったら嬉しいです。是非お願いします」

今度はまさかの愛玩動物（ペット）志願。ララは呆れてしまった。あんなにも自尊心の高かった小さなアリステアは、一体どこへ行ってしまったのか。

アリステアはじりじりと距離を詰めてくる。ララは寝台の上でじりじりと後退（あとずさ）る。

ここで気を緩めれば、今すぐにでも押し倒されて骨の髄まで食われてしまう気がする。

あの古竜を目の前にした時よりも、圧迫感を感じるのは何故だ。

「……あまり無理は言わないでちょうだい。私の中ではついさっきまで、あなたは十二歳の少年だったのよ」

どうか失われてしまった時を受け入れるための時間を、もう少し与えてほしい。

そんなララの訴えに、アリステアは不服そうな顔をする。

「では逆に申し上げますが。私は二十年以上、あなたに恋い焦がれていたのですよ。動かないあなたを、ずっとずっと想い続けていたのです」

「うう……！」

それを言われると非常に辛い。一言で二十年と言うが、若い彼にとってそれがどれほど長い年月だったのか、ララにも想像がつく。

「私はあなたを喪って三年後、国家魔術師となり、あなたを呑み込んだ竜を殺しました」

彼は史上最年少で国家魔術師となり、あの巨大な古竜を屠ったらしい。やはり恐ろしいまでの才能だ。

「その竜の腹の中で、石になったあなたを見つけてからずっと、あなたが人間に戻るのを待っていたんです。何年も、何年も、それはもう気の遠くなるような時間を。これであなたに振られてしまったら、あまりにも私が可哀想だとは思いませんか？」

「うぐっ……！」

つまり彼は、十七年もの間、石像のララと過ごしていたということだ。

ララが情に脆いと知っていて、的確にそこに訴えてくる。それはララの罪悪感を煽り、心を抉る。我が弟子ながらなかなかの策士だ。師を籠絡する方法をしっかりとわかっている。

「答えがないと分かっていながら、毎日冷たいあなたに話しかけました」

「っ……！」

そんな寂しい彼の小さな背中を想像してしまい、うっかりララの視界が滲む。

「毎日毎日石像になったあなたのそばで話しかけているせいで、石像しか愛せないなどという、心ない噂を領民に立てられてしまいましたし」

実際にその噂を自らの耳で聞いたララの目が、また宙を泳ぐ。

「やっと、温度のあるあなたに触れることができるんです。どうか、あなたが生きていることを、確かめさせてはくれませんか？」

泣きそうな目で請われ、否と答えられるほど、ララの精神は強くはなかった。

一つ息を吐いて、ララは抵抗を諦め、その身体から力を抜いた。

アリステアの指先が、そっとララの頬に伸ばされた。

肌に感じる、わずかに魔力を滲ませる温かな彼の指先に、ララはうっとりと目を細めた。

不思議とそれだけで心地よいと感じる。おそらく互いの魔力の相性が良いのだろう。

「温かい、柔らかい……ああ、ちゃんと生きているんですね」

涙まじりの声で、アリステアが事実確認のように呟いた。その声に、ララの胸がいっぱいになってしまう。

かつて自分の死が、小さなアリステアにどれほどの傷を与えたのか。今更になって思い知る。

「ごめんなさい、アリステア……」

ララの能力では、あの時、あれ以上の打開策を思いつくことはできなかった。だから、後悔はない。

だがそれでも、彼の心を深く傷つけたことは、間違いなく事実だった。

堪えきれないというように、アリステアはララを引き寄せ、その小さな体を強く抱きしめた。ララはされるがまま彼に身を預ける。すると、アリステアが、ララの小さな顎を指先で押し上げて、顔を上げさせる。

そして、その無防備な唇に、そっと触れるだけの口付けを落とした。

まるでそうすることが自然な気がして、ララも抵抗せずに目蓋を伏せて、その温もりを受け入れる。

——彼の想いを受け入れないのであれば、その口付けも受け入れてはいけないはずなのに。

何故か、驚くくらいに、その行為に抵抗がなかった。

アリステアはまるでその感触を確かめるように、何度も何度も角度を変え、ララに口付けた。

「ふ、うんっ！」

やがて呼吸をしようとララがうっすらと開けてしまった唇から、アリステアの熱い舌が入り込む。呼吸がうまくできず、鼻にかかった甘い声が漏れてしまう。

アリステアの舌が、ララの口腔内を嬉々として探る。舌を絡め取り、吸い上げ、歯を一つ一つなぞっていく。

「んっ、んんっ！」

己の内側を曝す慣れない感覚に、ララは体を震わせる。

やっと解放されたときには、もう息も絶え絶えだった。

「……ああ、あなたの唇は、こんなにも柔らかかったのですね」

そう、泣きそうな声で呟くと、アリステアはララの焦げ茶色の柔らかな髪に顔を埋めて、小さく息を吸った。その呼吸音を聞いて、ぼうっとしていたララはふと我に返った。

ララの石化の魔術が解けて早数日。その間ララは、一度たりとも風呂に入っていない。

「ああ……、ララの匂いがします」

アリステアがララの首元で、すんと鼻を鳴らし、恍惚とした声で呟く。

――――それはつまり、汗臭いということではないのか。ララは一気に熱が引いた。

「ちょ、ちょっと待ってアリステア。それ以上は無理よ。お願い匂いを嗅がないで……！」

ララは思わず両手で彼を必死に押し返す。するとアリステアが傷付いたような悲しげな表情をする。

またそうやってララの罪悪感を煽ろうとするのはやめてほしい。絶対にわざとだ。

「あのね、私、ずっと体を洗えていないの。だから……」

石像になる前も含めれば、途方もない年月、体を清められていない。

「別に大丈夫ですよ、良い匂いしかしません。もっと嗅がせてください」

むしろ嬉しそうな顔をするのは何故だ。すっかり変態になってしまった弟子に、ララは心の中で泣き濡れる。

「そういう問題じゃないわ」

「では、入浴なさいますか？　用意させますが」

渋々ながらのアリステアの提案に、ララは目を輝かせた。風呂ならば、ぜひ入りたい。

「ただ、そんな気にするほど汚れていないと思いますよ。私、毎日こまめに師匠のことを磨いていましたし」

するとアリステアが、そんな聞き捨てならないことを言った。

「…………は？」

ララの石化の魔法は、ララの体を構成する細胞のみに作用し、石に変える。

つまりは当時身に纏っていた魔術師の長衣などは、全て竜の腹の中で胃酸により溶かされてしまっており、ララは、裸で石像となっていたはずで。

「ですから私は石になったララの身体を、毎日隅々まで手ずから磨いておりましたから」

「…………はい？」

素っ裸で石になった自分を、せっせと磨く大人なアリステアを想像し、ララは震え上がった。

「な、な、なんで⁉」

「私以外の人間に、ララの身体を見せたくも触れさせたくもありませんでしたから」

自分自身で磨く以外ないでしょう？　とさも当然のようにアリステアは言う。

（いや、そもそもそんなにゴシゴシ磨く必要があったの⁉　石ってそんなに汚れる？）

石化中に意識がなくてよかったとララは思った。もしあったのならば、今、間違いなく羞恥で死んでいるはずだ。

そして、多少は仕方がないとはいえ、できるならば裸はアリステアにも見られたくなかった。

「うはぁ……」

ララは愕然とする。これはもう、お嫁にいけない事態である。

するとそのことにアリステアも気付いたのだろう。にやりと人の悪い顔で笑った。

「よく考えたらララは、もう私にその体を隅々まで知られているということですよね。これはもう、私が責任をとるしかないのでは？」

「………け、結構です」

「遠慮しないでください。絶対に幸せにしますよ。私の妻になってください」

「結構ですってば！」

自ら進んで責任をとりたがってどうするのか。ララは首を横にふる。

「ああ、なんならこれから一緒に入浴しましょうか？　その体の隅々まで、しっかりと洗って差し上げますすよ。いつものようにね」

さらにアリステアが壮絶な色気で、上目遣いをしながら要求をがつんと上げてくる。ララは、今度は音が出そうなくらいに首を横に振った。

「む、無理……！　一人で入るから……！」

「温度と柔らかさは今日まで知りませんでしたが、その形ならばよく知っています。今更恥ずかしがることは何もありませんよ」

　だからそれは不可抗力なのである。そこにララの意思はない。微塵もない。

「ララだって昔、私の体を隅々まで手ずから洗っていたじゃないですか」

「それとこれとは違います……。大体あなたあの時八歳だったでしょう……」

「ああ、これでもう私は、ララのところ以外にお婿にいけません。幼気な少年の心を弄んだ責任をとってください」

「えええええ……？」

　からかわれているのか本気なのか。困った様子のララに、アリステアが声を上げ楽しそうに笑う。

　ララはその綺麗な横っ面を引っ叩きたくなるのを、必死で堪えた。するとアリステアがその手首を強く掴んだ。

「――残念ながらあなたはもう私のものです。絶対に逃しはしませんよ」

　ララを真っ直ぐに射抜くその蛋白石色の目は、狂気すら感じさせるほどに真剣で。

　その視線に完全に腰が砕けたララは、もう動くことができなかった。

「ああ、やっぱり風呂に入る前に、もう少し堪能させてください」

アリステアの手が、ララの身につけているネグリジェをまくりあげ、あっという間に脱がしてしまう。

「待って……だめ……！」

両手で体を隠しながらのララの必死の制止に、アリステアは嗜虐的な顔で笑う。

「待ってもダメも聞きません。私のことを置き去りにしたあなたに、否定の言葉を吐く権利はありませんよ。諦めてください」

その顔は、ちっともララの言うことを聞いてくれなくなった、反抗期によく見た顔で。

つまりは、彼はもうララの言うことを聞く気がない、ということで。

「ああ、その困った顔。最高ですね」

そう言ってアリステアはララの両手を掴み、そのまま寝台の上に縫い付けてしまう。

「今はまだ、あなたのお得意の同情でも構いませんよ。――ほら、私はかわいそうでしょう？」

笑いながら、どこか苦しそうなアリステアの顔に、ララは何も言えなくなる。

「あなたがこうしてそばにいて、私のものになってくれるのならば、なんだっていいんです。無機質な石だったあなたでさえ愛せる私に、今更心が伴わないくらい、なんてことはありませんよ。――ほら、もう何も考えず、流されてしまいましょうね」

腰に響く低い声で耳元に囁かれ、ララの体から力が抜ける。

アリステアは生まれたままのララの姿を、眩しいものを見るかのように目を細めて、じっくりと見つめる。

「あまり見ないで……」

肌に表面に熱をはらんだ彼の視線を感じ、恥ずかしくてララが小さな声で懇願するも、アリステアの目は容赦無くララを暴く。

「いやです。こんなにきれいなものを、見なくちゃ勿体無いでしょう。ああ、可愛いですね。こうしてあなたの胸を見るのは初めてです。きれいな薄紅色だ。……ずっと、ずっと見てみたかった」

確かにララは、跪き祈るような姿で石になっていた。それにより、ちょうど上手いこと胸の頂きにあたる部分が、祈りの形の腕によって隠れてしまっていたのだろう。

我ながらなかなか良い姿勢で石像になったたと、ララは遠い目で遠き日の自らを褒め称えた。

アリステアがその大きな手のひらで、ララの体の線を辿り、やがて大きく膨らんだララの胸にたどり着く。彼の指が乳房にわずかに沈むのが、何とも生々しい感覚だ。

「ふっ、ああ！」

一頻り揉み上げ、柔らかな乳房の感触を楽しんだ後、アリステアは肌寒さからかぷっくりと膨らんだその小さな胸の頂きを、指の腹で撫でた。

それまでとは比べ物にならないほどの甘い感覚が走り、ララは体を震わせる。

慎ましやかなその薄紅色の実を、アリステアはそのまま摩ったり、押し潰したり、摘み上げたり、ララの様子を窺いながら甚振る。

元々器用なのだろう。時折強めの刺激を混ぜながらも、痛みに転じるぎりぎりのところで、快感だけをララに与えてくる。

「ひっ、んんっ！　あ、ああ」

時折宥めるような口づけを落としながら、アリステアは容赦無くララを追い込んでいく。

そしてララの耳朶を食み、首筋、鎖骨とゆっくりと舌を這わせる。

熱く濡れた感覚が、また指とは違う感覚で、ララは思わず身を竦ませる。

「ああ、温かくて柔らかい。ララの味がする……」

「え？　味？　んんっ！」

肌に味があるのかと、驚いて声をあげてしまう。アリステアは嬉しそうに頷く。

「石像のあなたは冷たくて、硬くて、どこを舐めても何の味もしなかった。こうしていると、あなたの生を実感しますね」

そして全く悪びれる様子もなく、そんなことを言う。

やはり石像の頃から舐め回していたのかと、呆れ果てたララは、思わず冷たい目でアリステアを見てしまう。本当に一体どこを舐めていたのか。……それは怖くて聞けない。

「まあ、舐めますよね。ララの形をしたものが目の前にあれば」

だがアリステアには、全くもって罪の意識がないらしい。

はたしてその時、彼の右手は一体どこにあったのかとうっかり考えかけて、ララは思考を放棄した。

世の中には知らない方が幸せなことが、ままあるのである。

やがて彼の舌は乳房へと至り、その頂きへと登っていく。

いじられて赤く固くしこったそこを、柔らかな唇で含まれ、吸い上げられる。

さらには軽く歯を当てられて痛いはずなのに、不思議と頭が熱に浮かされるように、全てが快感に書き換えられてしまう。

「んうっ！　あ、や…」

胸をいじられているうちに、なぜか下腹部が熱を持ち、きゅうっと内側に締め付けられるような、不思議な感覚が生まれる。

何かが、物足りなくて仕方がない。思わず膝をすり合わせ、溜まっていくその熱を逃そうとするが、アリステアがその大きな体をララの脚の間に割り込ませたせいで、それができない。

アリステアの舌が、さらに下へと降りていく。なだらかな腰を辿り、やがて腕で大きくララの脚を開かせた。

「やっ！　やめて！」

秘された場所に外気を感じ、慌てたララは必死に脚を閉じようとするが、アリステアがそれを許さない。

「ああ、きれいですね。花弁みたいだ」

紅色に色づくララの脚の隙間を眺め、アリステアはうっとりとそう言った。

「ララときたら、肝心な場所が見えないように石になっていたので。こうして見て、触れられることに感無量ですね」

大切な場所を隠せるような形で石になっていて本当に良かったと、ララはやはり過去の自分を褒めた。

整えられたアリステアの指が、その割れ目をそっと下から上へと撫でる。

「んあ、ああ……！」

わかりやすい快感に、ララが背中を大きく逸らす。強すぎる感覚に逃げようと思わず腰を引くが、アリステアにがっちりと押さえ込まれ、囚(とら)われてしまう。

そして、アリステアはそのしっとりと蜜で湿り始めたその割れ目を、指の腹で何度もなぞる。繰り返されるたびに発情し、ふっくらと盛り上がり、やがては開き始めたそこへ、彼の指の腹が沈み込み、そして、隠されていた敏感な突起に触れる。

「――――ああっ‼」

痛みにも似た、強烈な快感がララを襲う。膝でアリステアの腕を押さえ込んでしまうが、小柄で非力なララでは、彼を止めることなどできず。

何度も花芯を撫でられ、押しつぶされ、摘み上げられ、何かが徐々に溜まっていく。

思わず下肢に力が入ってしまい、プルプルと震える。

「ああ、気持ち良さそうですね。ララ」

するとアリステアが余裕のなさそうな顔で、余裕のあるようなことを言う。

きっと、ララに余裕のある大人の男なのだと見せつけたいのだろう。

なんだかそんな彼が可愛くて、追い詰められながらも、ララがつい笑ってしまうと、アリステアは少し拗ねたような顔をして、強めにララの陰核を押しつぶした。

「ひいあああっ‼」

気を抜いたところで、強い刺激を与えられ、溜め込まれた快楽が決壊し、ララは初めての絶頂に達してしまった。

脈動を繰り返しながら、ぎゅうっと胎内が引き絞られるような感覚に襲われ、そこから全身に掻痒(そうよう)感にも似た甘いうずきが広がっていく。

ビクビクと震えるララに、アリステアは満足げな顔をして、その脈動を続ける蜜口の中に指を一本ゆっくりと挿し込んだ。

初めて異物を受け入れるそこはよく濡れていて、さほどの抵抗なくアリステアの指を呑み込む。

「んっ、あ、ああ」

生まれて初めての感覚に、なぜか声が漏れる。

「ああ、ここに入れたら、さぞ気持ちが良いのだろうなあ」

恍惚とした声で、アリステアがララの耳元で囁く。それだけで、期待からかララの腰が甘く疼き揺れる。

だが、アリステアはそれ以上、自らの欲を満たそうとはしなかった。

指をララの中から引き抜くと、動けなくなってしまった彼女を抱き上げ、そのまま浴室へと連れて行く。

「えっ、やっ」

「ほら、きれいになりたいんでしょう？　してあげますよ」

そして、温かな湯の張られた浴槽の中にゆっくりとララを下ろし、自らのシャツの袖をまくり上げると、アリステアは先ほどの宣言通り、ララを隅々まで洗い上げた。

実に手慣れている。やはり石像のララをこまめに洗っていたというのは事実なのだろう。

抵抗する気力も体力も残っていないララは、されるがままに洗われ、そして、風と火の精霊をまとわりつかせたアリステアの手によって髪と体を乾かされた。

希望通りきれいになったララを、そのまま寝台に寝かしつけると、アリステアは彼女の唇に触れるだけの口付けを落として、優しく髪を撫でた後、部屋を出て行った。

（どうして……）

初めて味わった絶頂に、心身ともに疲れ果て、寝台に沈み込みながらララは不思議に思う。

なぜ彼は、最後までしなかったのだろうか。きっとララは、抵抗ができなかったと思うのに。

一線は越えなかったことに安堵しつつも、不思議とわずかな寂しさがある。

(——って、何を考えているの……私！　しっかりして！)

これまで知らなかった己の欲を知り、ララは頭を抱えてしまった。

第三章　魔王の育て方

――アリステアの視線に、熱を感じるようになったのはいつからか。


たまの休日に、ララは育ててもらった王都郊外にある孤児院の手伝いに行く。

「まずはあなたの生活を大切にしなさい」と院長には呆れられるが、ここはララにとって、かけがえのない大切な場所だった。

子供は未来であるというのに、残念ながら国は福祉に力を入れてはくれない。だから孤児院は運営資金が足りず、いつもカツカツであることを、ララはよく知っていた。

アリステアも渋々ながらついてきて、手伝ってくれる。

「ねえ、アリステア。いつか子供がお腹を空かせたり、暴力に怯えたりしないような、そんな世界になったらいいわね」

そして、子供たちと遊びながら、ララはついそんな夢物語を口にする。

自分やアリステアのような思いをする子供が、いなくなればいいのにと。

だが、それまで「そうですね」とやる気がないながらも答えてくれたアリステアが、「非現実的な話ですね」と鼻で笑うようになった。一緒の寝台で寝ることも、拒否されるようになった。

――多分、その頃からだ。

人は、大人になるために、誰しも通る道がある。

保護者の精神状態を一気に悪化させる、その時期の名を『反抗期』という。

アリステアの反抗期は、それまで内側に鬱屈していたものが一気に噴き出し表面化したのか、凄まじいものだった。

十二歳となったアリステアを、ララは弟子兼助手として、仕事場である王宮に連れていくようになった。

アリステアの年齢が幼すぎること以外、それは国家魔術師として珍しいことではない。

弟子は、師の働く姿をみて、魔術師として生きていく術を学ぶものだ。

ありとあらゆる精霊に愛されたアリステアは、ララの教えにより、その頃すでにすべての系統の魔術を使いこなせるようになっていた。

強大な魔力のためか、その制御は未熟ながらも、威力だけなら一流の国家魔術師に匹敵するほどだ。

それが自信になったのか、アリステアは徐々にララに対し、不遜な態度を取るようになった。

「アリステア。魔力量に頼って力任せに魔術を構成するのは良くないわ」

「僕は魔力が有り余っていますので別にかまわないでしょう？　まあ、魔力量の少ない方々はそうもいかないでしょうが」

「それでも、基本は大事よ」

「はいはい」

　そのぞんざいな返事にララは悲しくなる。おそらくは年齢的なものもあるのだろうが、このところアリステアは素直にララの話を聞いてくれない。

　仕方なく育児に困ったときの、この度また一児増えてめでたく四児の父となったルトフェルに相談してみたが。

「それくらいの年齢の男はみんなそんなものだよ。妙に自意識が過剰になっちゃうんだよなあ。俺にもあったよ、そんな暗黒時代！　というわけでそのうち正気に戻るから、そっとしておいてあげてくれ。大人の男になるための通過儀礼のようなものさ。ちなみに記録魔術とかで、この頃の記録をしっかりつけておくと、大人になったときに揶揄うネタができるのでお勧めだよ」

　などという、全く参考になりそうにない助言をくれた。使えないおっさんである。

「どんなに逆らったって、どうせあいつはララのことが大好きだからさ。広い心で受け入れてやってくれ」

「好きだなんて言われたこと一度もありませんけどね……。私は毎日言ってるのに」

「あはは、報われずとも、そのまま毎日言い続けてやってくれ。それにあの子は、救われているだろうからさ」

言われずともララは言葉を惜しむ人間ではないので、どうせ毎日言ってしまうのだろう。反抗されたって、相変わらずアリステアは可愛い弟子なのだ。

「むしろ反抗期があるってことは、情緒が安定してきた証拠だと俺は思う」

そうやってアリステアはララに甘えているのだとルトフェルは言う。恐る恐る爪を立てながら、ララの許してくれる範囲を確かめているのだと。

甘えることや抗うことが許される幸せを、彼はそれまで知らなかったのだ。

そして、生まれ持った魔力により、魔術師見習いの中では実力が抜きん出ていることも、アリステアを増長させた。

どれほど相手の身分が高かろうと、他人にはララに対する態度の、さらに十倍くらい傲慢不遜な態度を崩さない。

他者をあえて煽っては、喧嘩になることもあった。ララはその度に保護者として何度も頭を下げることになった。日々キリキリする胃痛との戦いである。

彼が魔術省のある王宮の建物の一部を、突っかかってきた魔術師見習いもろとも吹き飛ばしたと聞いた時などは、真っ青になった。

アリステアは自分を見下し馬鹿にする人間を、一切許さなかった。

呼ばれて慌てて現場に駆けつけてみれば、アリステアよりも少し年上の少年が、酷く怯えながら、涙と鼻水まみれになった顔を床に擦り付けてアリステアに詫（わ）びていた。

そんな彼の横の混凝土（コンクリート）製の王宮の壁には、巨大な穴が開いていた。

他人を傷つけてはいけないと、ララが常々言い聞かせていたことが功を奏したのか、見る限りその少年自身には大きな怪我はないようだ。

それを手早く確認したララは、ほっと胸を撫（な）で下ろす。

アリステアは、そんな蹲（うずくま）り震える少年を見下し、鼻で嗤（わら）い、土足で踏みつけた。

「どこの名家のご出身だか存じ上げませんが、『孤児』な上に『平民』な僕にこんなに怯えちゃって情けないですねぇ」

感情を感じさせない小馬鹿にした物言いに、ララはぞくりと背筋に冷たいものが走る。

「そうそう、それから『親殺し』でしたっけ？　だって仕方がないんですよ、あいつらは殺されて当然だったんです。だって僕を殺そうとしたんですから」

どうやらアリステアに踏まれている少年が、彼に暴言を吐いたようだった。

――曰く、『親殺し』と。

それがアリステアの逆鱗（げきりん）に触れたのだろう。

止めなければ、と思いつつ、怒るアリステアからの強大な魔力の圧に、ララは足を動かすことができない。

ララ以外の周囲にいる国家魔術師たちも、彼からの圧を受け一歩も動けないようだ。

人間とは到底思えない、とんでもない魔力量だった。――さながら、魔王のような。

「もし僕になんの力もなかったら、そのままなんの抵抗もできずに両親に殺されていたでしょうね。それどころか、飢えに任せてその屍肉を食われていたかもしれません。いやあ、僕、強くてよかったなあ」

痛々しい言葉だった。まるで必死に自分に言い聞かせているように聞こえて、ララは胸が苦しくなる。

「両親は僕を殺そうとして、僕より弱かったから殺された。自然の摂理です。まあ、自分自身すら守れないような、弱い存在は、それ自体が罪ですよね」

ぐりっと足元の少年の背中を、さらに踏みにじる。

「そしてあなたは、僕よりもはるかに弱い。それなら僕に淘汰されたって仕方ないですよね。だって弱いんだし。いやあ、僕、天才でよかったなあ」

「ひいっ」と、少年はまるで屠殺される直前の動物のような、怯え切った声を上げた。

やはりアリステアは、乗り越えてなどいなかったのだ。

膿んだままの傷口を、うまく取り繕い隠せるようになっただけで。

悲しみのあまり、ララの目から涙がこぼれた。そしてそのとき、ようやく彼女の足が動いた。

「アリステア……何をしているの？」

ララの声にアリステアが振り向いた。そして流れるララの涙に、わずかにばつの悪そうな顔をする。

「いえ、名前も知らないそこの人が、平民だの孤児だのと突っかかってきたので」

「……だけど、暴力はいけないわ」

「ああ、そこの人は無傷ですよ。多分ね。壁なら後できれいに修復しておきます」

そういう問題ではない。ララは肩を落とす。

アリステアは己の足の下で蹲った少年を軽く蹴り飛ばすと、感情を含まない、冷たい声で言った。

「とっとと消えてください。そして、これに懲りたら、二度と僕に近づかないでくださいね。次はうっかり殺してしまうかもしれませんから」

解放された魔術師見習いの少年は、それを聞いてさらに顔の色を無くし、一目散に逃げていった。おそらくはもうアリステアの前に顔を出すことはないだろう。

周囲に群れていた見物人たちも怯えたようにあっという間に散って、その場にはララとアリステアだけが残される。

「本当、馬鹿な奴らをいちいち相手にするのは、疲れますよねぇ」

だからあえてこうして己の魔力量を誇示したのだと、アリステアは楽しそうに嗤った。これ以上くだらない奴らのやっかみに付き合いたくないのだと言って。

「ねえ、師匠。知っていますか？　強ければ、何も奪われないんですよ」

彼の出した結論は、間違ってはいない。確かに、戦略としてそれは有りだろう。

人は自分よりも強いものに、無防備には近づかない。

故に周囲にその圧倒的な魔力を示すことで、己の危険性を認識させ、恐怖を煽り、悪意を持って近づく人間を排除する。

そうやってアリステアは、自分を守ることにしたのだろう。

けれどそのことを、ララは悲しく思った。

それでは彼と同等か、もしくはそれ以上の魔力を持つ人間しか、彼に気軽に近づけなくなってしまう。

けれど、そんな人間は、ほとんど存在しないだろう。

つまりそれは、アリステアの周囲から人がほとんどいなくなってしまうということだ。

だが彼に何と言ってやれば良いのか、ララにはわからなかった。

自分を尊重し、尚且（なおか）つ他人も尊重する。それは、簡単なようで酷く難しい。ララ自身もできてはいないのに。

「……あなたの力は、そんなことをするためにあるのではないわ」

だから、そんな陳腐な物言いしかできなかった。どうしても、常に周囲全てを敵に回すような孤独な生き方を、彼にしてほしくないのだ。

「弱い存在を切り捨てるような考えは、してほしくないの」

――人は、強い者よりも、弱い者の方が、圧倒的に多いのだから。

だからこそ魔物とは違い、助け合うために、人はこうして社会を構築するのだ。

ルトフェルの介入がなければ、ララは子供の頃にとっくに死んでいた。

そしてララが存在しなければ、アリステアはとっくに殺処分されていた。

そうやって自分たちは、人と繋がり、助けられながら、ここにいるのだから。

「強い人間が、弱い人間を踏みつけてはいけないのよ、アリステア」

できるのならば、その力は人のために使ってほしい。そして、人に感謝され愛されるような人生を送ってほしい。

ララのその言葉を、アリステアはやはり綺麗事だと鼻で笑った。

「別に僕は、師匠さえいればそれでいいので」

だから他の人間などどうでも良いと言う。必要すらないと嗤う。

だがそれでは、もしララがいなくなってしまった時、アリステアはどうするのか。

人は、一人では生きていけない、面倒な生き物なのに。

「ねえ、私の可愛いアリス。私はあなたが誰かに傷つけられる姿も、誰かを傷つける姿も、どちらも見たくないわ」

「…………」

それが、ララの保護者としての、素直な気持ちだった。それを聞いたアリステアは押し黙る。

アリステアが他人に傷つけられたら悲しい。アリステアが他人を傷つけていたら、それもまた悲しい。

「師匠はわがままですね。……わかりました」

そしてアリステアは渋々ながらも、ララの言葉を受け入れた。

その後、ララはアリステアが足蹴にした魔術師見習いの少年と、その師匠である国家魔術師のもとへアリステアを連れてお詫びの品を手に謝罪に行ったが、やはり少年は酷く怯えているらしく、直接会わせてはもらえず、まともに謝罪はできなかった。

彼の師である国家魔術師もこちらと目すら合わせてくれず、アリステアを恐れていることは明らかだった。

だが派手にやらかしたこの一件以降、アリステアの思惑通り、不用意に彼に突っかかるような人間はいなくなった。よって、アリステアが問題行動を起こすことも減った。

またアリステアどころか、その師匠であるララまで腫れ物に触るような扱いを受けるようになってしまった。

ララには正当な量の仕事だけが来るようになり、残業もほとんどなくなった。

アリステアは得意げな顔をして、ほらみたことかと言わんばかりである。

おそらく、自分が正しいと思っているのだろう。

「私……どこで教育を間違えましたかね……？」

そして今日もララは、定期的なアリステアの成長報告とともに、遠い目をしながらルトフェルに相談をする。

長く大人たちに虐げられてきたアリステアに対し、彼の自己肯定感を取り戻してやりたいと、褒め伸ばしの方向でララは彼を教育した。――すると。

「可愛い！　と毎日言い続け、天才！　すごい！　と毎日言い続け、大好き！　愛してる！　と毎日伝え続け、彼の自己肯定感を育てたつもりが、気付いたらすっかり自己愛が強くなってしまって」

「あはははははは！」

ララの悩みを聞いて、ルトフェルは涙を流して笑い転げた。今日も失礼なおっさんである。

最初の頃は照れながらも嬉しそうにはにかんでくれたのに、今では、可愛いと言っても天才と言っても大好きと言っても、さも当然のような顔をしている。

まあ、実際に可愛いし、天才だし、ララは変わらず彼のことが大好きなのだが。

もう少し、厳しくすべきところはするべきだったのかもしれない、と反省している。

だがララは、どうしても人を叱ることが苦手だった。叱っていると相手が可哀想になってしまい、逆にララが泣きたくなってしまう。というか実際に泣いてしまう。

一度頑張ってアリステアを叱ろうとしたら結局自分が泣き出してしまい、驚いたアリステアに逆に慰められるという奇妙な事態に発展した。

そして、そんなララによってすくすくと育てられた自己愛で、アリステアは少しでも自分を馬鹿にする人間を、容赦無く叩き潰すようになった。

「まあ、賢い子ではあるよな。人の良心なんて不確かなものに期待するよりも、暴力や恐怖に訴えた方が圧倒的に話が早いし簡単だ」

それは、ララにもわかっていた。実際アリステアの企みは成功し、彼はこの魔術省でその実力を認められた。

「ただそういうことを繰り返すと、お前の言う通り、本音でアリスと付き合ってくれるような人間は、なかなか出てこないだろうな」

恐怖で表面上支配することはできるだろう。だが、それでは真実アリステアを慕ってくれる人間が、ララ以外にはいなくなってしまう。

「それにお前も、このままずっとアリスのそばにいられるわけじゃない」

「…………」

魔術師は、その厚遇を得る代わりに義務がある。

それは、その生涯において必ず三人以上、子供を持つことだ。

魔力を持つ人間は、遺伝か、突然変異かの二種類ある。

ララは遺伝型だ。亡くなった母が魔力持ちだった。だからララも魔力を持って生まれてきた。

ララが育った田舎は未だに魔力持ちへの偏見が強く、母は死ぬまで、夫にも周囲にも己が魔女であることを明かさなかった。

今でこそ国を挙げて魔力持ちの保護を進めているが、かつて、魔力持ちは迫害の対象だったのだ。

母は自分と同じように魔力を持ってしまったララにだけ、絶対に内緒よと言って、そのことを教えてくれた。

魔力は大体三割程度の割合で、子供に遺伝する。

故に、魔術師は必ず三人以上、子供をもうけることを求められる。魔力持ちの絶対数を減らさないための、国の施策だった。

魔術師の数とは、すなわち国の武力である。数が減れば、魔物への対抗手段がなくなってしまう。国としては、どうしてもその数を減らすわけにはいかないのだ。

一方、アリステアは突然変異型と思われた。突然変異型の方が強力な魔力を持っていることが多く、だが一方で、その数は非常に少ない。

そういった突然変異の魔術師が初代となり、魔術師の家系が作られるのだ。

ララは、もう二十四歳になっていた。三人以上子供を産まねばならないことを考えると、そろそろ結婚を真剣に考えなければならない。

「すでに、いくつかお前にと、見合いの話が来ている。皆一人でも多く魔力持ちの血が欲しいんだろうな。結構な良家からの話もあるぞ」

「……すみませんが、全部お断りしてください」

「……わかった。でもこのままじゃ近いうち、国に決められることになるぞ」

このまま結婚を避け続ければ、国に相手を強制的にあてがわれる可能性が高い。

だがその時、アリステアを婚家へ連れて行くことは、難しいだろう。

だからせめてもう少し、彼が大人になるまで、彼のそばにいてやりたかった。

「……今はまだ、アリスを一人にしたくはありません。もう、家族みたいなものなので」

今、ララがいなくなれば、アリステアは一人ぼっちになってしまう。本当は、寂しがり屋なのに。

それが恐ろしくて、ララは目を伏せた。

「お話を聞いてくださって、ありがとうございます。ルトフェル様。もう少し何かいい方法がないか、考えてみますね」

「ああ、そうだな。それから、ララ。さっきから気になっていたんだが、その付けている首飾りって……」

「ああ、綺麗でしょう。アリスから、誕生日のお祝いにもらったんです」

ララは指先でその鎖を摘み上げて自慢をする。するとルトフェルが、なんとも言えない顔をした。

その首飾りには位置情報を魔力主に伝える永続魔術が仕込まれている。だがララは、そのことに全く気付いていなかった。

「……うーん。まあ、いいか……。それほど害はなさそうだし。俺もあいつに恨まれたくないしな」

この首飾りが一体なんだろうと、鈍いララは首を傾げる。

「もういっそお前らが、本当の家族になってしまえたらいいのになあ」

素直になれない思春期なアリステアの初恋に、しっかりと気づいているルトフェルは、ニヤニヤ笑いながらそんなことを言った。

主席国家魔術師ルトフェル。国で一番の魔術師であり、人格にも優れ、部下たちにも慕われ、見目も良く愛妻家と、完璧に見える彼の悪癖は——その適当な軽口だった。

それで何度も痛い目にあったというのに、ちっとも懲りていない。

それを聞いたララは、天啓を受けたように目を見開き、そしてぽんと手を叩いた。

「素晴らしい考えですね！　さすがルトフェル様！　天才です！」

案の定、ララの目がキラキラと輝き出した。ルトフェルは、しまった、と思う。絶対にこの子、何かを勘違いした気がする。

彼女は優しく素直で、そして思い込んだらすぐに行動してしまうという恐ろしい面があった。

「そうですよ、アリスを本当の家族に、つまりは私の養子にすればいいんです。そうしたら全てがまるっと解決しますね！」

「ま、待て。冗談だ、ララ、それは色々とまずい。主に幼気な少年の純情的なものが」

慌ててルトフェルが否定するが、これからのことを考え込んでいるララには聞こえていない。

「私、アリスに聞いてみますね！　私の息子にならないかって」

「え？　本当にやっちゃうの……!?　それは本当にまずいって！」

「大丈夫ですって！　ちゃんと手続きすれば、何の問題もありません」

これは絶対にわかっていない。ルトフェルは頭を抱えてしまう。

「ではルトフェル様！　奥様とお子様によろしくお伝えくださいねー」

そう言って一つ頭を下げ、善は急げとばかりに意気揚々と去っていくララの背中を見ながら、案外これで雨が降って地が固まるかもしれないと、ルトフェルは投げやりに思った。

そしてその日の夜、機嫌良く帰宅したララは、早速ルトフェルの入れ知恵を、アリステアに提案してみることにした。

いつものようにアリステアの用意してくれた夕食を食べ、アリステアの淹れてくれたお茶を飲みながら、ララは意を決して、口を開く。

「ねえ、アリス。ちょっと書いてほしいものがあるのだけれど」

「なんですか、師匠。ちなみに僕の名前はアリステアです」

「あら、ごめんなさいねアリステア」

すでに形式美となっている一連のやりとりの後、ララは満面の笑顔で国の規定の用紙を差し出し言った。

「あなた、私の息子にならない？」

我ながら素晴らしい案だと思った。アリステアを養子にすれば、ララの財産をアリステアに渡すことができるし、孤児だの平民だのと陰口を言われることもなくなる。

ララの実家であるブラッドリー家は、一応は準男爵の爵位を持っていた。

ド田舎の猫の額の領地しか持たない上、子供の頃追い出されたため名ばかりではあるが、全く何もないよりは、ましであろう。

「――――は？」

「だってそうすれば、互いが家族になれるでしょう？」

にこにこと笑いながら、ララは自分の書くべき項目は全て埋めた、養子縁組の申請用紙をアリステアに見せつける。

互いに家族がいないのなら、互いを家族にすればいいのである。さすが主席魔術師ルトフェル、完璧な案である。

そうすれば、ララは名実ともにアリステアの保護者になれる。

そして、いずれ結婚する時に新居にアリステアを連れて行っても、問題はないはずだ。なんせ止式な息子なのだから。

渡された用紙を読むアリステアの顔が、みるみるうちに色を無くしていく。

「ほら、これからは私のこと、お母さんって呼んでもいいのよ！」

飛び込んでおいで、と言わんばかりにララは調子に乗って両手を広げた。

「…………」

その時、紙面から顔を上げたアリステアの表情は――ララがしばらく後まで夢に見るほど怖かった。

怒りのあまり漏れ出した魔力で、彼の柔らかな銀の髪が、小さな稲妻をバチバチと発生させながらわずかに逆立つ。

「――ああ、本っ当に忌々しいですね」

アリステアは低い声で毒吐いた。ララは思わず小さく飛び上がる。

「ひいっ！　なんで⁉」

こんなにも怖い顔のアリステアを、ララは初めて見た。

「死んでもお断りです。あなたが母親だなんて、冗談じゃない」

そして、彼は養子縁組届をビリビリに細かく破いて、床にばらまいた。

情け容赦ないアリステアの言葉にばっさりと切られ、一生懸命書いた養子縁組届を破られ、フラは衝撃を受け、しょんぼりと肩を落とした。

確かにこんなに若くて頼りない母親は嫌かもしれないが、愛ならば、間違いなくあるのに。

「そこまで言うことないじゃない。これでも私、頑張って生きているのに」

「……頑張る方向が間違っているんですよ」

アリステアが忌々しげに小さく舌打ちをした。

「こら、お行儀が悪いわ」

「誰のせいですか。大体なんで今更そんな馬鹿馬鹿しいことを考えたんです？　一体誰の入れ知恵ですか」

「ええと……」

「……まあ、聞かずともわかりますけどね。どうせあのおっさんでしょう」

「アリステア……あのおっさんはあれでも実はとても偉い人なのよ？　言葉には気をつけなさい。それに、もちろん自分でもちゃんと考えたのよ」

魔力持ちは少ない。遺伝と、突然変異で生まれてくる。

だから魔術師は国のため、子を作ることを求められる。優秀な魔術師であれば、その相手まで決められてしまうこともある。

魔力持ち同士で掛け合わせれば、魔力持ちの子供が生まれる可能性がさらに高まるからだ。

ララも、今はまだ仕事を理由に断ることができているが、おそらくそのうち業を煮やした国から、勝手に相手を見繕われ、強制的に結婚を命じられる可能性が高い。

そうなれば、おそらくは今までのようにアリステアとともにいられなくなるだろう。

だがちゃんと家族なら、彼を置いてこいとは命じられないだろうと、ララは単純にそんなことを考えたのだ。

どうせララもアリステアも家族がいない。ならば互いを家族にすればいい。

ララは素直にそれらの事情を、全てアリステアに話した。

「だからアリステアと家族になる方法を考えたの。そうしたら、ずっと一緒にいられるでしょう？　それに私に何かあった時、少しでもあなたに私の財産を残してあげたいし……」

事情を聞いたアリステアは、深くため息を吐き、悩ましげに額を手で押さえた。

「……なるほど。よくわかりました。どうやら僕は、少し考えが甘かったようですね」

そして、しばらく考え込むような様子の後、意を決したように、顔を上げ真っ直ぐにララを見つめた。

「ねえ師匠。僕たちが家族になるには、もう一つ方法があるんですが」

「あら？　なにかしら？」

そんな方法があるのなら、是非知りたい。ララが小首をかしげて聞き返せば、アリステアはその両手で、ララのインクだらけの手をそっと握る。

彼の真剣な目に、思わずララの小さく心臓が跳ねる。そしてアリステアは口を開いた。

「──僕と、結婚してください」

「……はい？」

あまりのことに、一瞬何を言われたのかわからず、ララは呆然とする。

そして頭の中で彼の言葉を反芻し、ようやく自分は十二歳になったばかりの愛弟子に求婚をされたのだと気づく。

由々しきことに、ララにとって、それは二十四歳にして初めて受けた求婚だった。

いまだに理解できず惚けた顔をしているララに、アリステアは畳み掛ける。

「息子じゃなくて、夫にしてください」

「……はあ」

「ほら、夫だってちゃんと、家族でしょう？」

『息子』にするつもりが、まさかの『夫』志願である。

ようやく内容を認識したララは、深いため息を吐く。この子供は一体何を言い出すのか。

今度はララが呆れる番だった。肩を竦め、そして苦言を呈す。

「何を馬鹿なことを言っているの。そんなこと、できるわけがないでしょう？」

「なぜです？」

「そもそもアリステア、あなたいくつ？　まだ結婚できる歳じゃないでしょう」

「三ヶ月前に十二歳になりました。ちなみにこの国の法律に照らし合わせるならば、あと四年も経てば、結婚できます。それまで待っていただければ」

「待つって、その頃私は二十八歳じゃないの……。冗談ばかり言わないでちょうだい。人が真面目に話しているのに」

「僕も至って真面目に話していますが」

「…………」

アリステアの真剣な蛋白石色（オパール）の目に、ララは頭を抱えた。どうやら彼は本当に本気でララに求婚しているらしい。

一体自分はどこで育て方を間違えたのだろうか。ララは本日二度目の自問自答をする。

「悪いけれど、私はあなたをそういった目で見たことは一度もないわ。諦めてちょうだい」

「だったらぜひこれからは、そういう目で見てください」

「無理よ。大体私は年上の男性が好きなの。十二歳も年下のあなたでは恋愛対象にならないわ」

ここであやふやにしてはいけないと、ララはしっかりと答えることにした。それが、アリステアに対する誠意であると考えたからだ。

「ふうん。たとえばルトフェル様のような、ですか？」

するとアリステアが意地悪げに笑って言った。

ララはぐっと押し黙る。何故アリステアが、ララの初恋を知っているのだ。

「有名な話ですよ。師匠が子供の時からルトフェル様にずっとべったりだったってことは」

「な、何の話だか……」

「ですがもうルトフェル様はとうに結婚なさっていて愛妻家で有名で、お子様も四人いらっしゃるんです。師匠が入り込める余地は全くありませんよ。いい加減に諦めたらいかがですか？」

たしかに、ルトフェルに婚約者がいると知らなかったララは、彼に迫ったことがあるのだ。

自分が大人になったら結婚してくれ、と。

だが、今更諦めるも何も、そもそもそれはララがアリステアと同じ年齢の時の話であり、ルトフェルの妻のことは、ララもよく知っている。

同じ国家魔術師で、特に治療魔術においては並び立つ者のいない、優秀な方だ。

明るくさっぱりした性格で、前々からララも仲良くしてもらっている。

ちなみにそんな彼女は、つい最近また子供を産んで、十歳から〇歳までの四人の子供を抱え、現在絶賛育児休職中である。

立て続けに妊娠出産を繰り返しており、職場に戻れる日はいつになることやら。

それだけでもルトフェルの彼女への深い執着が窺える。

「大体ルトフェル様は師匠より十五歳も年上じゃないですか！　僕ならたった十二歳しか年が

変わりません」

「上ならいいのよ。下はだめなの」

「なんでですか？　納得がいきません。不公平です」

「私の趣味の問題です……！」

師弟はどこまでも平行線であった。ララは再度深いため息を吐く。

（きっとアリスは、私と同じように勘違いをしているのね）

彼は寂しいのだ。ララも後見人であり、師でもあったルトフェルから独立を迫られた時、やはり怖くてたまらなかった。

だったらそのままお嫁さんにしてもらえないかと、そばにいさせてくれないかと、そう考えて、彼に泣きついたのだ。

結婚してもらえれば、このままずっと彼に守ってもらえるのではないかと、子供ながらにそんな自分勝手でいやらしいことを考えて。

『悪いな。ララ。俺にはもう結婚したい大切な人がいるから、お前の気持ちには応えられない』

ルトフェルは、そんなララの気持ちを茶化したり馬鹿にしたりせず、きちんと誠実に応えてくれた。

他に妻にしたい人がいるから、ララの気持ちには答えられないのだ、と。

だからララは、納得をして、それ以上ルトフェルに付き纏うのはやめた。

大人になって、あれは恋だったのか、それとも依存だったのか。もうよくわからなくなってしまったが。

その後も一切態度を変えずに対応してくれたルトフェルに、ララは心から感謝している。

「――――ねえ、私の可愛いアリス」

かつての自分を思い出し、居住まいを正すと、ララは優しい声で彼を呼んだ。

「アリステアと呼んでください」

「そうね、アリステア」

ララは手を伸ばし、彼の頭を優しく撫でる。

「私もあなたも、これまでの人生、あんまりついていなかったわね。だから、どうしても今ある場所を、今手にあるものを、失いたくないと縋り付いてしまうのよ」

アリステアが神妙そうな顔をして、ララのそばに腰をかける。そんな彼に、ララは慈愛の笑みを浮かべる。

「そして、今あるものが全てだと思いがちだけれど、実はそれは、人生のごく一部でしかないの」

それは、この年齢まで生きたからこそ、ララが知ったことだった。幼い頃の自分は、ルトフェルがいなくなったら、生きていけないとすら思っていたのに。

「あなたには、ちゃんと未来があるのよ」

だからこんなところで、立ち止まってはいけない。彼にはまだ、無限の未来があるのだから。

「私はあなたがより良い未来へ向かうための踏み台に過ぎないわ。だから、そんなものに固執する必要はないの」

ララの言葉に、アリステアは悔しそうに唇を噛んだ。

「……ふざけないでください」

そして、激情のまま、ララに叩きつけるように言い放つ。それは普段の彼からは想像もつかない、剥き出しの刃のような、感情の発露だった。

「勝手に僕の想いを、自分と同じものだと決めつけないでいただきたい！」

確かにその自覚があったララは、何も言い返せなかった。

「僕は、諦めません。絶対に。……あなたは僕の想いを若さ故の思い込みだと、過ちだと思いたがっているのでしょうが」

アリステアは真っ直ぐにララの目を見つめた。

彼の蛋白石色の目が魔力を宿し、燃えるように輝く。その美しさに、ララは思わず見惚れてしまう。なぜか心臓が、バクバクと大きな音を立てている。

「――ララ。僕はいつか、正しくあなたに僕の想いを認めさせてみせる」

――――夢を、見ていた。

ララの体感からすれば数ヶ月前の、けれども実際には二十年以上前の、遠い過去の夢だ。

朝の光を瞼の裏に感じ、眠りの中にいたララの意識が浮上する。

（……あの頃から、アリステアの心は変わっていないのね）

子供だと思っていた弟子から受けた、まさかの求婚。あの日から、それまでの反抗の日々が嘘のように、アリステアはララに毎日愛を伝えてくるようになった。

（あれから二十年……。あの子は、一体どんな思いで）

ひどく胸が苦しい。己の罪深さに、震える。ララは深く息を吐いて、心を落ち着かせる。

（……もう朝だわ。そろそろ起きなくては）

それにしても、いつもよりも体が不思議と温かい。冷え性気味なララが、こんなにもぬくぬくと心地良い眠りにあるのは珍しい。この温もりがたまらなくて、なかなか動く気になれない。

かつてアリステアが幼い頃、彼の精神の安定のため同じ寝台で眠った時期があったが、それ以来かもしれない。アリステアは魔力量が多いからか、一緒に眠ると不思議と湯たんぽのような効果があったのだ。

その温かさの元に、ララは身を寄せた。それは滑らかで気持ちがよく、思わず頬擦りをしてしまう。

するとそれはぴくりと動いた。さらにはララの太腿に熱を持った硬い棒状の何かが当たる。

そこでようやく寝汚いララは違和感を感じ、渋々その重い瞼を開けた。

刺すような明るさに目を細めれば、そこにあるのは一面の肌色。

（…………肌色？）

嫌な予感がして、ララはそのままそうっと顔を上げる。するとそこにあるのは、どこかで見た絶世の美貌。

「…………!?!?」

どうやらララは、なぜか裸の弟子に、自分の寝台の中でガッチリと抱きこまれているようだ。意味がわからない。

アリステアは目を瞑り、健康そうな寝息を立てている。

慌てて動けないながらも下を向き、自分の体を確認する。

自分の着衣に、特に乱れた様子はない。貞操は多分、かろうじてまだ無事だ。風前の灯ではあるものの。

アリステアは、相変わらずララの体を好き放題に弄り回すが、その一方で、不思議と自分の欲を埋めようとはしなかった。

きっと、彼なりの考えがあるのだろう。物足りないなどとは思っていない。決して。

知らぬ間に勝手に寝台に入り込んでいた闖入者から距離を取るべく、ララは自らの体に巻きついた彼の腕をそっと外そうとした。

「――っ！」

だがどうにもこうにも外れない。それどころかその腕は益々力強くララを拘束してくる。

――つまりこれはもう、間違いなく。

「ちょっと！　起きているんでしょうアリステア！　いい加減にしなさい！　離して！」

じたばたともがきながら困ってしまったララが叫べば、アリステアが笑いを堪えるように、体を震わせた。

「おはようございます、ララ」

「ひぅっ！」

耳元で艶のある声でささやかれ、思わずララの全身が粟立ち、腰が砕けそうになる。

彼の声は発するだけで魔力を持ち、他人を従わせようとする。魔性の声なのだ。

聞いているとそれだけで心拍数が跳ね上がり、顔が熱くなる。

うっかりこのままこの温もりの中にいたいと、そう思わされてしまう。

「……おはよう、アリステア。ところであなたはなぜここにいるの？」

だがララとて一端の国家魔術師である。そう容易く彼の思い通りにはならないのだ。

なんとか冷静を装って聞き返せば、アリステアはにっこりと笑って口を開いた
「いやぁ、どうやらまた持病の夢遊病が始まってしまったようでして。気がついたらここに」

「………」

嘘をつくな嘘を、と正直思ったが、ララはとりあえずその疑問を胸に収めた。

仮病と一方的に決めつけてはいけない。真偽について、ララはどうこう言える立場ではない。

それを証明する方法などないのだから。

「昔は一緒に寝てくださったでしょう？　しかもララから積極的に私の寝台に入り込んできたではないですか」

「……あの時はあなた、八歳の子供だったでしょう……」

あの頃は幼い彼の心の傷に寄り添うために必死だった。だが今は互いに成人した立派な大人なのである。問題しかない。

「だってララは私のことを、『子供の頃から知っているから、男として見られない』のでしょう？　つまりあなたの中で私はまだ子供ということですよね。ならば別に良いではないですか。一緒に寝たって」

何一つ良くない。完全に屁理屈だ。現在三十二歳の色気ダダ漏れの分際で、一体何を言っているのか。

「……まあ、百歩譲って、納得はいかないまでも、理解したわ。それはともかく、アリステアはなぜ服を着ていないの……？」

「いやあ、暑かったからか、知らないうちについ脱いでしまったみたいで。ああ、安心してください。下はちゃんと穿(は)いてますよ。まだね」

季節はもう限りなく冬に近い晩秋だ。暑いわけがない。絶対にわざとである。本当にああ言えばこう言う、困った弟子である。

「おや？　もしかして、少しは緊張していただけましたか？」

緊張どころの騒ぎではない。ララの心臓は先ほどから早鐘のように鼓動を打っている。なんせこれまで目の前の三十二歳の子育てに忙しく、とんと色っぽい話はなかったのだ。この城で暮らし始めてから、ララの心臓は過労死寸前だ。

「だったら嬉しいです。もっともっと私のことを、男として意識してください」

すでに意識しまくっている。ただ、ララの中で覚悟が決まらないだけなのだ。

アリステアがゆっくりと身を起こす。均整の取れた美しい体が露(あら)わになり、ララは思わず見惚れてしまう。その視線に気づくと、やはり彼は甘く笑って、ララに顔を近づけてくる。

「んむうっ……！」

唇を唇で塞がれ、ララは小さく呻いた。ぼうっとしていたせいで、避けられなかった。後頭部に左手を当てられ、右手で顎をがっちりとつかまれ、さらに深く口付けられる。

「んー！　んんー‼」

抗議をすべく、彼の背中をバシバシと叩くがちっとも解放してもらえない。

ララの唇を割って、アリステアの肉厚の舌が口腔内に入り込む。思わず縮こまって喉奥に逃げ込むララの舌を絡め取り、吸い上げる。

もちろんお人好しのララには、アリステアの舌に噛みつくような真似はできない。その時の彼の痛みを想像してしまい、怖くて力が抜けてしまうのだ。

よって今日も、アリステアはやりたい放題である。

粘膜が擦れ合い、唾液が混ざり合っていやらしい水音を立てる。

ララの中を探るように、アリステアの舌が縦横無尽に動き回る。

「んっ……！　んん！」

鼻で息をすることを忘れて、必死に口で呼吸をしようとすれば、どうしても喘ぐような声が漏れてしまう。

アリステアの手が、ララのネグリジェの中に忍び込んでくる。そのなだらかな線を辿り、ふっくらと盛り上がった乳房を包み込む。

そして、優しく何度も揉み上げた後、その頂を摘み上げ、揺すった。

「っ！　っ……！」

つんっとした甘やかな感覚が走り、腰が疼く。痛みを感じる前に、今度は指の腹でそっとその表面を撫でられる。

「んっ、んん！」

口を口で塞がれているため、何も言えない。されるがままだ。

色づいた縁を辿られ、その優しい刺激に物足りなくなって身をよじれば、今度は強めに押し潰される。そのたびに小さく腰が跳ねた。きゅうきゅうと、下腹部が切なげに締め付けられる。

散々口腔内を貪られた上で、ようやく唇を解放された時には、ララの全身はぐったりと脱力してしまっていた。

「ふふ、そんなに顔を真っ赤にして。可愛いですね」

そんなララを見て、アリステアが幸せそうに笑う。

そして彼女が身につけていたネグリジェを、首元まで捲り上げて、穿いていたドロワーズも流れるように脱がされて。露わになったララの体の形を辿るように、アリステアは舌を這わせた。

「やっ……！」

制止の声を上げるが、もちろんそんなものでアリステアは止まってくれない。

肌が敏感になり、濡れた熱い感覚をララに伝えてくる。アリステアに触れられると、ララはすぐに気持ちよくなってしまって、何も考えられなくなってしまうのだ。

おそらくは、彼の持つ膨大な魔力のせいなのだろう。本能が彼の遺伝子を欲しがってしまう。

アリステアの舌が、下へ下へと移動していく。ララの小さな臍を尖らせた先端で突き、なだらかな下腹部を辿り、そして。

「やっ‼　だめえ‼」

脚の間にアリステアがその大きな体を割り込ませ、両手でララの内腿を掴み、大きく左右に開かせた。

陽の光の中、秘された場所が、彼の前に晒されてしまう。

慌てて脚を閉じ隠そうとするが、彼との圧倒的な力の差の前に、それを成すことができない。

抗議の意を込めて視線を下に向ければ、ぎらついた蛋白石色の目に射抜かれ、全身がぞくぞくと戦慄いた。

そして、そのままアリステアの唇が、ララの脚の付け根へと落とされる。

「ひっ、あっ……！」

アリステアの舌が、裂け目に沿って、そこを割り開かんとするように動く。指とはまた違った甘い感覚に、太腿に力が入り、小さく痙攣する。

時折舌先が隠された小さな蕾をかすり、むず痒い感覚が蓄積していく。

ララの中から溢れた蜜と、アリステアの唾液が混ざり合い、ぐちゅぐちゅとみだらな音を立てる。

そして、発情しふっくらと盛り上がり開き始めたそこで、とうとうアリステアの尖らせた舌先が、蜜口のすぐ上にある、どこよりも敏感な芽を捕えた。

「ひっ！」

啄かれたその場所が、ララに強烈な快感を伝えてくる。酷い掻痒感にも似た、身悶えするほどの甘い感覚だ。

ララの中から、蜜が溢れ出る。アリステアの指が、その小さな入り口に当てがわれる。

思わず身を固くするが、舌で花芯をなぞられるうちに力が抜けてしまう。

ゆっくりとアリステアの指がララの中へと入り込む。中で蠢く彼の指を感じ、なぜかララの息が切れる。

「はっ、あっ」

濡れた膣壁を、ゆっくりと解し広げられる。小さな違和感に震えれば、舌で花芯を弾かれる。

ララの体が無意識のうちに、決壊を求め緊張と弛緩を繰り返す。

そして膣内の浅い場所をくるりと刺激され、弄られ赤く腫れ上がった芽をちゅうっと吸い上げられた瞬間に。

「ん――――っ！」

全身を張り詰めさせて、ララは絶頂の波に呑み込まれた。腹の奥がきゅうっと絞られるように蠢き、アリステアの指を食いちぎらんばかりに締め付ける。

「あっ！　ああっ！」

小さな波が二度、三度とララを襲い、そして全身に広がっていき、そのままララはぐったりと脱力してしまった。

「気持ちが良かったですか？」

わかっていながら、アリステアがわざわざ聞いてくる。ララは恥ずかしくて、思わずそっぽを向く。

「ひぃんっ！」

すると中に入り込んでいた指を一気に引き抜かれ、また高い声をあげてしまう。

それからアリステアは、ララの体を清拭し、下着を着せて、首元までたくし上げていたララのネグリジェを戻してくれる。

「……アリステアは、いいの？」

ララは藪から蛇が出ることを覚悟しつつ、小さな声で聞いてみた。

アリステアの下穿きは、今も苦しそうに張っている。つまり、彼もまた欲を満たしたいと、そう望んでいるはずだ。なのに今日も最後まではしようとしない。

ララは、自分ばかりで申し訳ない気持ちになっていた。一方的に弄ばれているのにも関わらず、妙な罪悪感が残るのだ。

自分が気持ち良い時に、彼にも気持ち良くなってもらいたいと思ってしまうのだ。

おそらくララは、すっかり彼に流され、毒されているのだろう。

「酷いことをされているというのに、相変わらずお人好しですね。ララは。……今はまだ良いんです。そうですね、願掛けみたいなものでしょうか」

そう言って、アリステアはまたララを大切そうに抱きしめて笑った。

確かに言われてみればなかなか酷いことをされたような気もするのだが、そんな満たされた幸せそうな彼の顔を見ていたら、自分まで嬉しくなってしまうのだ。

なんせララは、自他共に認める甘っちょろい女なのである。

それにかつてまだ小さかったアリステアのなかにずっとあった、飢えのようなもの。それが確かに払拭されているのを、ララは感じていた。

アリステアはララのその茶色の髪を指先で弄びながら、口を開く。

「ねえララ。今日は私と逢引（デート）しませんか？」

「逢引？」

唐突の誘いに、ララは訝（いぶか）しげに彼の顔を見上げる。

「ええ、やはり関係を深めるには、逢引も必要でしょう」

「行きたいわ！」

ララは思わず二つ返事で応じた。

なんせアリステアに捕まってこの城に囚われてから随分と経つが、その間ララはこの城から一歩も外へ出してもらえていなかったのだ。

ちなみにそんなララの足首には、今日も強力な魔術をかけられた黄金の鎖が巻かれている。

もちろんこれもアリステアの手によるものだ。ララが現実逃避で気絶している間に、勝手に着けられていた。

それはアリステアの強力な魔力を惜しみなく使用して作られており、とてもではないがララのしょぼい魔力でどうにかできるものではない。

ちなみに、その足環(アンクレット)をつけたまま一歩でもこの城の外に出ようとすると、漏れなく恐怖の大魔王、もといアリステアが、全く目が笑っていない微笑みを浮かべながら、ララを捕獲しにやってくることになる。

どうやらこの足環は、ララの動向を常に監視し、アリステアに連携しているらしい。

この城にきたばかりの頃、終わりの見えない監禁生活に倦(う)んだララは、すぐに戻ってくるつもりでこっそり城の外に出ようとした。

だが、突然背後に現れたアリステアによって、あっという間に捕まり、彼の肩に荷物のように担ぎ上げられたのだ。

挙げ句の果てに、担がれた太腿を撫でまわされながら、

「ララにはもう、脚はいらないかもしれませんね」

などと言われたときには、恐怖で全身が震え上がり、思わず「いります！」などと叫んでしまった。

その後「冗談ですよ」などと彼は笑っていたが、完全に目が本気だった。

さらには、寝台に放り込まれると、お仕置きとばかりに気絶するまで執拗(しつよう)に体を弄ばれることとなった。

それらは絶対にここからララを逃さないという、彼の確固たる意志を感じさせた。しかも、どうやら手段は選ばない所存らしい。

やはりララが石になっている間に、弟子は随分と心を病んでしまったようだ。

好奇心は猫をも殺すのである。五体満足でいたい小心者のララは、これで自らこっそり逃げるという選択肢を失ったのだった。

アリステアが、寝台の横に置かれた脇机に置いてあった、小さな呼鈴を鳴らす。

するとさほどの時間を置かずに扉がノックされ、アリステアが許可を出せば老齢の執事が入ってきた。

「ちょっと！　アリス……！」

ちなみに相変わらずアリステアは上半身裸のままであり、ララはネグリジェを纏っているとはいえ、先ほどのアリステアの執拗な愛撫のせいで、頬が上気している。

つまりはどこからどう見ても、明らかに事後な男女の姿だ。ララは心の中で悲鳴を上げた。

だが執事はそれらを見ても何一つ表情にだすことなく、淡々と職務に徹する。

「いかがなさいましたか？　旦那様」

「朝食を持ってきてくれ。それを食べたらララと出かけてくる。ララの準備を頼めるか？」

「はい、かしこまりました」

そして、恭しく一礼すると、顔を上げた彼はほんの少しだけ嬉しそうな顔をして寝台の上にいる二人を見やり、出て行ってしまった。

そして、侍女たちによって、速やかに朝食が運ばれてくる。

いまだに寝台の上で羞恥のあまり茫然自失としているララに、アリステアが朝食のスープを匙で掬い、ララの口元へと運んでくれる。

ララは何となく促されるまま口を開き、その匙をパクリと口に含んだ。すると彼がいそいそと次のスープを口に運んでくれるので、また口を開く。

その様子を、アリステアは蕩けそうなほど甘い顔で見つめている。

「ふふ。なるほど。確かにこれは楽しいですね。自分がされた時は恥ずかしかったのですが」

そこでララは、かつて彼にしたことをやり返されているのだ、ということに気付いた。

とっくに成人した人間が、せっせと給餌されている。自分は一体何をしているのかと、ようやく我に返る。

するとアリステアがさらにちぎったパンをララの口元に運んできたので、流石に恥ずかしくなって口を開かずにいると、少し残念そうな顔をされてしまった。

残念なその気持ちもわかるが、この構図は明らかにおかしい。

すっかりお互いの立場が逆転していることに、ララは衝撃を受けていた。

今となっては、アリステアから見れば、ララは八歳も年下の小娘なのだ。

『……ちゃんと、自分で食べられるわ。私、これでも二十四歳なのよ」

かつての彼の言葉になぞって抗議すれば、アリステアは声を上げて笑った。

第四章　魔法をかけられたような

朝食を食べ、少し休んだ後、ララは、色とりどりの衣装を抱えて部屋にやってきた侍女たちに囲まれ、ネグリジェをひん剥かれて、着せ替え人形と化していた。

先に手早く身支度を終えたアリステアは、その様子を楽しみながら見ていた。

「奥様、こちらはいかがでしょう?」

「いえ、ですから私は奥様ではなく」

「こちらの薔薇色のドレス方が、絶対に奥様のお優しい茶色の御髪(おぐし)に合いますわ!」

「あの、どうかララと呼んでください」

「奥様、旦那様がこちらを、と。旦那様の瞳のような、美しい蛋白石(オパール)ですわ。愛されていらっしゃいますわね」

羨ましいですわぁ、と侍女たちがうっとりと夢見るような顔で言う。ララがやはり困った顔をしている。彼女たちはアリステアの「ララを妻として扱え」という命令をしっかり守っていた。

アリステアの策略により、すでにララは使用人たちに、この城の女主人として受け入れられていた。

「奥様、コルセットをお締めしますよー」

「ぐえっ」

マリエッタという名の年嵩の侍女長によって、コルセットの紐を思い切り締められたララが潰れた蛙のような声を上げた。アリステアは思わず笑みを溢す。

いつも国家魔術師の長衣ばかり身につけていたララにとって、コルセットは初めての経験なのだろう。

ララが日常的に身につけていた国家魔術師の長衣は正装とされており、身分の高い者の前でも礼儀的に問題がなく、全てにおいて事足りていたため、これまでララは華やかな女性の衣装を、身につける機会がなかったのだ。

「も、もう少し緩めでお願いします……！」

「いけません。奥様はせっかく素晴らしいお胸をされていらっしゃるのですから、それを強調するためにもしっかり腰は締めねば。ほら、きっと旦那様もお喜びになりますよ」

「そ、そうかしら……？」

おどおどとこちらを窺ってくるララに、アリステアは満面の笑みを返す。

確かにぴったりとしたコルセットは、ララの豊満な胸と華奢な腰を際立たせていた。

ずっと見ていると、うっかり下半身に血が集まりそうだ。

「奥様が石像でいらっしゃった時は、ドレスの形が限られていましたからね。お針子たちもこうして奥様のために、様々なドレスが作れることを喜んでおりますよ」

「……そうだったんですね。ありがとうございます」

石像時のララの衣装も、彼女たちは作ってくれた。石像に執着する主人(アリステア)を受け入れ、理解してくれた。

形こそ単純な貫頭衣だったが、裾には手の込んだ細やかな刺繍(ししゅう)が施され、首元のボタンは宝石が埋め込まれていた。アリステアが大切にしているものだから、と、誰もがララの石像を大切にしてくれた。

アリステアはこの城の使用人たちを、信頼している。

ドレスを身につけたララが、困ったように、けれども年頃の娘らしく、嬉しそうに笑った。

そんな彼女を、アリステアは誇らしげに見つめた。

ララは、いつも自分のためにお金を使おうとはしなかった。ずっと年齢に不相応に、我慢ばかりしていた。

そのことが、アリステアはいつも、どうしようもなく嫌だったのだ。

「それ、本当に国家魔術師たる、うちの師匠が受けるべき仕事ですか?」

その日もララの部屋に仕事を頼みにきた魔術省の役人に、アリステアは冷たく言い放った。

「いくら師匠がお優しいからと言って、これ以上雑用のような仕事を押しつけるのは、やめていただきたい」

当時ララの助手として王宮に出仕するようになったアリステアにとって、最も許せなかったのは、お人好しなララに付け込んで、仕事や雑用を押しつけてくる者たちだった。

「で、ですが……」

「いいわ。そこに置いておいてちょうだい。後で見ておくわ」

ララがアリステアに嚙み付かれ、しどろもどろになった役人に助け舟を出す。すると彼はほっとした顔をして、その場に書類を置くと足早に去っていった。

苦々しい顔で置かれたその書類を眺め、アリステアは思わず小さく舌打ちをしてしまう。

「こら、お行儀が悪いわよ」

「こんなの、明らかに国家魔術師に依頼をするような案件ではないですよ。下級の魔術師で十分です」

するとララは困ったような顔をした。アリステアが怒ると、彼女はいつもこの顔をする。

「きっと、他の方々はお忙しいのでしょう」

「違いますよ。単に師匠が馬鹿みたいに優しくて甘っちょろいから、舐められて体良く押し付けられているだけです。わかりますか？　師匠はただ単に都合良く利用されてるんですよ」

それでなくても下がり気味なララの眉尻が、さらにしょんぼりと下がる。その眉はグリグリと触りたくなるほどに可愛いが、アリステアは彼女に甘い顔をするわけにはいかないのだ。

「こんなくだらない仕事のために、僕と師匠の私的な時間が食い潰されるのが、腹立たしくてたまりませんね」

「アリステア……。本音が漏れているわよ」

ララの残業時間は、数多いる国家魔術師の中でも飛び抜けて多い。もともと要領の悪いところに、さらに余分な仕事を押し付けられているからだ。

「師匠は断る勇気を持ってください。僕がちょっと席を外した瞬間に、勝手に色々と引き受けるのはやめてくださいね」

アリステアがララの代わりに仕事を切り捨てているせいで、最近ではわざわざアリステアがそばを離れたのを見計らって、仕事を押し付けにくる輩がいるのだ。

「でも私が断ると、その人たちが困ってしまうでしょう？」

「困らせときゃいいんです。こちらに敬意を示さない、そんな奴らのことまで気にしてやる必要は、師匠にはないんですよ」

「……でも私は、気になってしまうのよ」

誰かを傷つけるくらいなら自分が傷ついた方が楽だ。誰かを困らせるくらいなら、自分が困った方が楽だ。ララは、そんなことを言った。

「私は、断ることの方が精神的に負担に感じるのよ。ずっと鬱々と、その人がその後どうなったのかを、考えてしまうの」

思わずアリステアは舌打ちをしてしまう。そんな風に、ララは他人のことばかり慮る。

「仕方がないわ。私はそういう風にしか生きられないんだもの」

ララは自分と他人の境目が薄い。すぐに相手の気持ちに感情移入してしまう。

それはもう生まれ持った特性のようなもので、きっと直しようがないのだろう。

「そんなことだから、僕みたいな厄介者を押し付けられるんですよ」

「あら？　厄介だなんてとんでもない。むしろとっても幸運だったと思っているわ。大好きよ、私の可愛いアリス」

そう言ってララが微笑んでくれるたびに、アリステアは胸が苦しくてたまらなくなる。

「だから、アリステアだって何度言ったらわかるんですか……」

赤らんだ頬を隠すようにそっぽを向いて、涙が出ないように涙腺を引き締めて、いつものお決まりの台詞を言う。すると、ごめんなさいね、とララがまた笑う。

師であるララが怒った姿を、アリステアは見たことがない。

アリステアが何か問題を起こすたびに、困ったような悲しげな顔をするが、それでも声を荒げ、怒鳴りつけるようなことは、一度もなかった。

一方的に断じたりせず、きちんとアリステアの話を聞き、何が問題なのかを詳かにしたのちに、必要な分だけ指摘をする
どちらかといえば怒りっぽい自覚があるアリステアには、彼女のそんな性質が、どうしても理解できない。

背負い切れないものを背負わされては、疲れ果てている彼女にどうにも耐えられず、アリステアは一度彼女になぜかを聞いたことがあった。

「師匠は、どうして怒らないんですか？」

すると、やはりララはいつものように、ただ困ったように笑って言った。

「そもそも怒りの感情というのが私にはよくわからないの。もちろんたまに心がモヤモヤっとすることはあるのだけれど、それも長続きしないのよ」

アリステアには全く理解ができなかった。彼女はもっと怒ることを許されるはずだ。

それなのに、彼女の感情はいつも波がなく穏やかだ。

だからこそララのそばでは怯える必要がなく、アリステアは彼女に拾われて初めて、世界にはこんなにも優しい場所があることを知った。

アリステアの両親は、まるで息をするように彼に暴力を振るった。

たとえ理由がなくとも、虫の居所が悪いというだけで、食事を抜かれ、殴られ、蹴り飛ばさ

れた。

そのためアリステアは常に、両親の機嫌を窺っていなければならなかった。

気持ちの悪い色の目と、色の抜けた髪をした、見るからに可愛げのない末の息子を甚振るのは、彼らにとって、貧しい生活の中の、格好の憂さ晴らしだったのだろう。

兄弟たちも両親に便乗し、アリステアを蔑み、暴力を振るった。

何をしようが、彼らの温かな目がアリステアに向けられることはなかった。

彼に与えられるのは、いつだって嵐のように突然やってくる暴力だ。

アリステアを助け、守ろうとする精霊たちがいなければ、彼はとっくに死んでいただろう。

アリステアが生き延びることができたのは、彼にだけ見える優しい精霊たちが、彼の傷を癒し、食べられる実の場所を、飲める水の場所を教えてくれたからだ。

それでも家族から愛されたいと、愚かにも期待してしまうのは、そこにしかアリステアの居場所がなかったからか。

だがそんな期待も虚しく、結局アリステアは最期まで、家族に愛されることはなかった。

それどころか、寒波で実りが減った冬、口減らしのために両親に殺されかけた。

凍りつくような寒い朝、薄着のまま家の近くの山へと連れて行かれ、父が悪魔のような顔で、自分に向けて振り上げた鉈を見た時。

アリステアはこれまで精霊たちにどれほど強請られながらも応じずに、ずっと体の中に留めてきたものを、一部、解放した。

それが、なにか恐ろしいものであると、本能的に悟っていた。

――決して、表に出してはいけないものであると。

だからこそ今まで、体の奥の奥に、仕舞い込んでいたものだった。

だが、もう、こうなっては何もかもどうでもよかった。

そして気が付けば、アリステアの周囲から、何もかもがきれいさっぱりなくなっていた。

木も山も動物も。――そして、彼を殺そうとした、両親も。

恐ろしくなって精霊の力を借りながら逃げ惑い、やがてやってきた黒い長衣を着た大人たちに追い詰められて捕まり、見知らぬ大きな街へと連れてこられ、大きな建物の地下に閉じ込められて。

アリステアがこの世界の全てを憎みそうになったところで出会ったのが、その後、魔術師の師となるララだった。

誰もが恐れ、嫌がり、近づこうとはしない、実の両親を殺したアリステアを、ララは怯えることなくあっさりと引き取って、不器用ながらも一生懸命に育ててくれた。

アリステアは生まれて初めて、自分以外の人間に優しくされるという経験をした。

彼女はいつも穏やかだ。だから荒事を嫌う臆病な土の精霊たちに、深く愛されるのも良くわかる。

だが感情的な両親のもとで、怒鳴られ殴られながら育ったアリステアには、彼女の気持ちが理解できない。

何を考えているのか得体が知れなくて、時折彼女を恐ろしく感じてしまうことがある。

感情のままに怒鳴ってくれたら、殴ってくれたら、もっとわかりやすいのに。

そんなことを考えてしまうほどに、アリステアは毒されていた。

アリステアのせいで頭を下げさせられても、誰かに蔑まれても、ララはいつも困ったように笑うだけだ。

やはり彼女は決して怒らない。注意や指摘はしても、感情的には叱らない。

誰かにアリステアをもっと叱るように嗜められたのか、一度ララが彼に強めの言葉をかけたことがあった。

すると叱られているはずのアリステアよりも先にララが泣き出してしまい、反対にアリステアが慰めるという、本末転倒な事態になった。

怒ることが、感情を荒げることが、本当に苦手なのだろう。

（でも、一度だけで良いから、怒った顔も見てみたいな）

そうしたら、自分はもっと彼女の特別になれるような、そんな気がした。

そしてアリステアは、彼女の代わりに自分が怒ることにした。

大きくなってララの仕事を手伝うようになってみれば、案の定、彼女は他人から利用され、搾取されてばかりいた。

アリステアは悔しかった。なぜ、他人を慮れる優しい人間ばかりが、割を食わねばならないのか。

だから優しいララに甘え、つけこみ、彼女が背負える以上のものをのうのうと背負わせようとしてくる輩を、アリステアは追い返し、叩き潰した。

だが、やっぱり彼女は、それでも困ったように笑うだけだった。

そんなララは、仕事が休みの時、自分が育ったと言う王都にある孤児院に、よく慰問に行く。

時折、アリステアもそれに同行する。

「ほら、みんな。一つずつよ」

大量に買ってきたお菓子を、一斉に群がる子供たちに配りながら、ララは優しく微笑む。

孤児院の子供たちは皆、優しいララが大好きだ。彼女が訪れる度に喜んで、彼女の取り合いをする。

そんな彼女が面白くないアリステアは、その様子を遠くから苦々しい思いで見つめる。

きっと博愛主義者であるララにとって、自分もまた彼女に群がる子供たちと同じなのだろう。

——可哀想だから。子供だから。大人として庇護しなければならない。そんな存在だから。

出会った頃は、それだけでよかった。それなのに、今は——足りない。

彼女の善良さは、公平さは、時々残酷だ。自分は特別などではないのだと、知らしめられる。

「お世話になったから、自分もできるだけ恩返しがしたいの」

そう言って彼女は、自分自身には必要最低限しか金を使わず、孤児院への援助とアリステアの養育費に国家魔術師としての収入のほとんどを使ってしまう。

馬鹿じゃないのか、と思う。そんなに他人に尽くしたところで、それが自分に戻ってくるわけではないのに。

まるで、呼吸をするように、他人を哀れむ女だ。

アリステアは、ララのそんな行動ひとつひとつに酷く苛立つ。

人間のくせに、なぜそれほどまでに綺麗なままでいられるのか。


――彼女さえいなければ、人間なんて滅んでしまっても良いのに。


「どうしてそこまでするんです？　そんな必要ないでしょう？」

ララの善性に耐えきれず、ある日アリステアは思わず聞いてしまった。

するとララはキョトンとして、それからやっぱり困ったように笑って、アリステアの銀色の頭を優しく撫でた。

「私もね、同じなの。あなたやこの子たちのように、親に捨てられてしまったの」

なんとなく、そんな気はしていた。ララは、人に殴られることを知っていた。満足に食事を与えてもらえない、ひもじさも知っていた。

「辛かったの。悲しかったの。だから、できるだけ自分以外の子供たちに、そんな思いをしてほしくないのよ」

偽善よねえ、とララは笑う。結局は自分の手の届く範囲しか、救えないのだから、と。

それでも何もしないよりは、少しはましだろうと思っているのだと。

「私、生きるのが好き。だから、他人の命もできるだけ惜しみたいの。だってせっかく生まれてきたのに、もったいないでしょ？」

つまりララは、同じように、処分寸前だったアリステアの命もまた、惜しんだのだ。

だからアリステアは生きて、今、ここにいる。

そして、ほんの少し前からは考えられないくらいに、アリステアは毎日幸せに満たされて暮らしている。

ララは大人として、正しく子供を守る人間だった。


——だからこそララは大人として、子供であるアリステアを庇（かば）い、その命を落とした。


（僕は、結局何もできなかった）

天才が、聞いて呆れる。巨大な古竜を前に、アリステアは無力だった。

ララを喪ったアリステアは、重傷のまま王都に戻り、とある優秀な治療魔術師によって一命を取り留めることになった。

あの場所に古竜がいることは、誰も知らなかったと報告を受けた。突然の災害のようなものであり、ただひたすら運が悪かったとしか言えないと。

なぜ彼女が死ななければならなかったのか。なぜ、あれほどまでに善良な人間が。

その疑問がどうしても離れず、アリステアの頭の中をぐるぐると回る。

納得がいかなかった。天におわす神とやらは、一体何を見ている。

彼女よりも死ぬべき人間が、この世に腐るほどいるというのに。

（そうだ、むしろ僕が死んだほうが、ずっとよかった）

アリステアは自分の無力さに打ちのめされていた。

もう、死んでしまいたい。消えてしまいたい。彼女のいない世界など、なんの価値もない。

『子供の分際で、死ぬことなんて許さないわ』

――――それなのに、ララの最期の声が、消えない。

そう、アリステアは初めてララに怒られたのだ。これまで一度も怒ったことのないララに。

だからアリステアは、大人になるまで、死ぬことができない。

――それはまるで、呪(のろ)いのようで。


生きることも死ぬこともできず、絶望の中、アリステアはぼうっと日々を過ごした。

ララを失ったことで、アリステアの暴走を恐れ、誰も彼に近づいてこない。それがむしろ居心地がいい。

ただ一人、ルトフェルだけは、アリステアの元を頻繁に訪れ、放っておけば何日も何も食べずに過ごすアリステアの世話を、まめまめしくしてくれた。相変わらず気の良い男である。

おそらく、愛弟子の遺したアリステアを、失うわけにはいかないと考えているのだろう。

ララの殉職の話を聞いた時、彼は一言、

「そうか。ララはお前をちゃんと守ったんだな。偉いな」

そう言って、死んだララを称えて、一筋涙を零(こぼ)した。

罵ってくれたら、どれほど良かっただろう。お前のせいだと。お前が死ねばよかったと。

だが、誰もそれをしてくれない。誰もアリステアを罰してはくれない。

竜の爪で受けた腹の傷は引(ひ)き攣(つ)れ、禍々(まがまが)しい痣を残しながらも癒えてしまった。

生きている以上、どんなに残したくとも、こうして傷は癒えてしまうのだ。

ぼうっとその傷を見つめているとき、アリステアはふと、あることを思い出した。

この傷を治療してくれた、魔術師が言っていたのだ。

『この傷は、一生残ることになるよ。ほらここに、黒い痣が見えるだろう?　竜ってやつは粘着質で、一度自分の獲物と定めたものに執着して、こうして自分の魔力で印をつけるんだ。だからもう二度と、君はあの竜の生息域に近づいてはいけないよ』

当時は精神的に混乱していて、その言葉を考える余裕はなかったのだが。

（――そうだ。まだ僕には、やれることがあるじゃないか）

――誰もアリステアを罰しないのなら、自分で自分を罰するしかないだろう。

ララとアリステアを襲った古竜は、結局そのままあの森近辺に住み着き、国は危険だとあの区域一帯をまるごと切り捨てることにしたという。

こうして少しずつ、三百年前大魔術師によって取り返された人間の生息域が減っていく。

そのうち人は、魔物たちに追い詰められ、滅びるのかもしれない。

そんなことも、アリステアにとってはどうでもいいことだった。――だが。

（僕が弱いから、奪われたんだ）

かつてその考えをララは否定した。けれど自分が強ければ、ララは死ぬことはなかった。

（――殺してやる）

もっと強くなって、あの日ララを殺した、あの竜を殺すのだ。できる限り、残酷に。

アリステアには、ララがいない世界を生きるため、どうしてもわかりやすく明確な目的が必要だった。

長い空白時間をかけて、そこに思い至ったアリステアは、すぐに動き出した。

まずはこの国の主席魔術師であるルトフェルに頭を下げ、彼に師事し、これまで以上に魔術の研鑽(けんさん)を積んだ。

ララとは違い、ルトフェルは厳しかった。情け容赦なく、アリステアを叩(たた)き上げた。だが、アリステアはそれに食らいついた。

強くなるためなら、なんだってした。数え切れないほどの魔物を屠った。

そして三年後、最年少で国家魔術師になったアリステアは、無謀だと言う周囲の反対を押し切り、ララの復讐(ふくしゅう)のため、古竜討伐へと旅立った。

竜は、一度自分の獲物と定めたものへの執着心が強い。

そして、アリステアの腹には、あの日竜の爪で付けられた傷痕が残されており、そこには魔障と呼ばれる、竜の魔力による印付け(マーキング)が行われていた。

この傷があれば、ララを食った竜が、かつて逃した自分(アリステア)の獲物を回収しようと自らやってくるはずだ。

その禍々しい痣を見た時、アリステアはこれが、自分の使命だと思い込むことにした。

――あの竜をおびき寄せ、殺すことができるのは自分だけだ、と。

そして、あの日ララを失った森にアリステアは向かい、その魔力をあえて隠さずに歩きまわった。

すると案の定、数え切れないほどの魔物を屠ったアリステアの前に、のうのうとララを食らった竜が姿を現した。

かつてはあんなにも恐ろしく感じたそれを前に、不思議と恐怖はなかった。


「────死ね」


あの最後の日、ララが手本に見せてくれたように、アリステアは己の魔力を極限まで圧縮し、あらゆるもの全てを貫く強固な槍を何本も作り、そのまま地面にその竜を串刺しにしてやった。

アリステアの強大な魔力を研ぎ澄ませ作られたその槍は、竜の硬い鱗をたやすく貫き、その骨肉をも穿った。

「……なんだよ。お前、こんなに弱かったのか……」

おぞましい断末魔を上げて、のたうちまわり、やがてその命を落とした竜を、アリステアは冷たい目で見やり、毒吐く。

驚くほど簡単に、アリステアの復讐は成った。竜が死んだことで、腹にあった黒い痣が消えていく。

あの日、あれほどまでに大きく恐ろしく感じた竜は、この三年で己の魔力を完璧に制御できるようになり、国一番の魔術師となったアリステアの敵ではなかった。

「……ふざけるなよ。お前なんかのために、師匠は死んだのか……？」

『――魔力の制御は大切よ』

かつてのララの声が蘇る。そう、彼女はあんなにも言っていたのに。魔力量に頼りすぎるなと、制御はしっかりしろと。彼女の言葉は、真実だった。

あの頃からララに指示された通り、アリステアがしっかり魔力制御に取り組んでいれば、ララを喪うことなく、この竜を倒すことができたかもしれないのに。

「……出来の悪い弟子で、申し訳ございません。師匠」

竜の骸を見ながら、思わずそんな言葉が溢れ、アリステアはその場にずるずると頽れた。

後悔が先立つことはない。失ったものは、もう二度と戻りはしない。

「ねえ、師匠。大人ってのは、一体何歳からなんですか……」

消えてしまいたい。いつまでこの無駄な生を続けなければならないのか。もう、目的さえも失ってしまったのに。

竜の骸は、魔道具の最高級の材料となる。討伐隊としてアリステアに同行してきた他の国家魔術師と、その弟子たちによって、目の前で竜が解体されていく。

アリステアはその様子を、ただ、ぼうっと眺めていた。もう、明日から、何のために生きればいいのか、わからなかった。

「おい！　竜の腹から、なんか変なものが出てきたぞ！」

すると上がった誰かの声に、絶望の淵にいたアリステアはふと顔を上げた。

何か大きな石のようなものが、竜の腹から出てきたらしい。

「なんだ、こりゃ……。女の子？」

竜の結石は女の子の形をしているのか、などと言って、ゲラゲラと誰かが下世話に笑っている。恐ろしい竜が討伐されたことで、皆が妙に浮かれていた。

そんな馬鹿な、と流石に気になったアリステアが、遠目でその石像を見た瞬間。

「――そこから離れろ！」

アリステアは、魔力を込めた声で怒鳴っていた。周囲にいた者たちが驚き、動けなくなってその場に立ち尽くす。

アリステアは走って、その竜の体内から出てきた石像に近づく。

その裸婦の彫像は、白く滑らかな石でできており、跪き、胸の前で手を組み、神に祈るような姿をしていた。

アリステアは慌てて着ていた魔術師の長衣を脱ぎ、他の者たちに見せないよう、その石像を包み込み、抱きしめる。

それは硬く、そして冷たい。――――けれども、間違いなく。

「師匠……？」

――――アリステアの唯一。師であるララの形状をしていた。

（なんなんだ？　一体どういうことなんだ？）

アリステアは、ひどく混乱していた。

そのままアリステアは、王への竜討伐に関する報告もそこそこに、その石像を自宅に持ち帰り、綺麗に洗って、憎き竜の血を全て流してみた。

やはり見れば見るほどララに似ている、そのまつ毛の一本ですら、精密に表現されている。

あまりにも写実（リアル）的すぎて、今にも動き出しそうだ。

さすがにこれは、人間の手で作れるような彫像ではない。

もし、これが、ララ本人であるのならば。一体どんな仕組みなのか。

触ってみれば、やはりただの冷たい石の感覚だ。だが、この石はそもそもなんという材質の石なのだろうか。今まで見たことがない。

（もし、この石像が、魔術で姿を変えたララ本人だとしたら）

――解呪することができれば、ララを取り戻すことができる。

だが、アリステアの知る限りの解呪法では、ララが人間に戻ることはなかった。

仕方なくアリステアは、ルトフェルを頼ることにした。魔力ならば、アリステアは彼をはるかに上回るが、知識や経験ではやはり彼には遠く及ばなかったからだ。

アリステアが竜討伐に成功したことを、すでに聞いていたのだろう。呼び出せばルトフェルはすぐにアリステアの家へとやってきた。

ララと共に暮らしていた家に、アリステアは未だに住んでいた。

古い家であり、大家も早く出て行ってほしいようだが、あまりにもララとの思い出が多すぎて、アリステアはここから動く気になれなかったのだ。

「相変わらずボロいな、この家は」

そう、文句を言いつつ笑いながら家に入ってきたルトフェルを、アリステアはすぐに居間にある、ララの石像の前に案内した。

もちろん彼にララの裸を見せるわけにはいかないので、石像には相変わらず自分の長衣を着せている。

だがその石像の顔を見た瞬間、大きな安堵のため息を吐いて、ルトフェルはその場にずるずると蹲み込んだ。

「──ああ、良かった。もしかしたらとは、思っていたんだ……」

「どういう、ことですか？」

そう呟く彼に、アリステアは祈るような気持ちでこれが一体なんなのかを問いただす。

「これは、ララだよ。魔術で自らを石に変えた、ララだ」

ルトフェルは、石像になったララを慈しむように見つめて、言った。

やはり、とアリステアの心に、希望が宿る。──つまりララは、まだ死んではいない。

それから、ルトフェルはアリステアと出会う前までの、ララの人生を教えてくれた。

きっと、ララ本人も聞けば教えてくれたのだろうが、自分自身もろくでもない幼少期しか持っていないことから、彼女が話そうとはしないことをあえて聞き出したいとは思えず、アリステアは、ララに詳しい話を聞いたことはなかった。

「……ララは、お前とよく似ていたよ」

子供時代、ララは幸せにすごしていた。田舎にある準男爵家の一人娘として、優しくも厳しい母と、ほとんど家に戻らない、仕事一筋の父親の間に生まれ育った。

だが彼女が十歳にも満たない頃、母は出産で、生まれてくる予定だった弟共々亡くなった。もともと体の弱い人だった。だが、どうしても男児の後継が必要だという父のため、無理をして臨んだ出産だった。

そしてまだ幼い娘を残し、ララの母親は、腹の中の小さな弟とともに、その命を落とした。

「少なくともララには、母親に愛された記憶があった。だからこそ、あれほどの目に遭いながら、優しい気持ちを捨てずにいられたのかもしれないなあ」

ルトフェルの言葉に、アリステアは俯く。何故か、かつて彼女の背で聞いた優しい子守唄を思い出した。

「それからララの父親は、やはり後継が欲しいと若い後妻をもらったんだが、これがまたびっくりするほど醜悪な女でな」

おっとりとした可愛らしいララが、余程目障りだったのだろう。その女は父と結婚してすぐに、毎日のようにララを罵倒し、暴力を振るうようになった。

父は、最初の頃こそ気づけば止めるように継母に言ってくれていたが、念願の後継であるララの異母弟が生まれた後は、もう娘の存在が不要になったのか、継母を止めてくれなくなり、やがてはララへの虐待に加担すらするようになった。

暴力は止まることなくどんどん激化（エスカレート）していき、そして。

ある日継母が椅子を振り上げ、ララを打ち据えようとした瞬間。死を覚悟したララはその身を石に変えたのだという。

痛いのは嫌。死にたくない。――――それなら、石になればいい。

「……そんなクズな親でも、傷つけるくらいなら自分が石になる方がいいと、優しいあの子は幼心にそう思ったんだろうさ」

「ああ、本当に、嫌になるくらいにララらしいですね……私なら間違い無く殺します」

「お前が言うと笑えないんだが」

実際に両親を排除することを選んだアリステアに対し、ララは最後まで彼らを傷つけることを選ばなかった。

『石になれば殴られても痛くないだろうと、子供心にそう思ったのだそうだよ。そんな彼女の哀れでささやかな願いを、彼女を愛してやまない土の精霊が叶（かな）えた」

石になってしまった娘にぶつけた椅子は木っ端微塵に砕け、父と継母は驚き、そして気味が悪いと、石像になったララを、深い森に捨てた。

やがてその森を浮浪する、魔力を持った少女の噂を聞き、回収に来たルトフェルに拾われるまで、ララは人や魔物に襲われるたびにその体を石として、身を守っていたのだという。

初めて会った時、保護しようと近づくルトフェルを恐れ、ララがその身を石に変えた時には心底驚いたと、ルトフェルは肩を竦める。

「地の精霊に深く愛された、ララだからこそできる技だな」

自分の体を石に変えるなんて、他に見たことも聞いたこともない。

この目で見なければ、到底信じられなかったと、ルトフェルは笑った。

アリステアはララの優しい焦げ茶色の目を思い出す。土の精霊に愛されているからこそその、その色。

残念ながら石像は目を瞑っていて、その色を見ることはできない。

「どこかの誰かさんは、拾おうとしたら速攻で炎の弾をぶちかましてきたからな」

「人間性の違いですね。申し訳ありません」

しれっと答えるアリステアに、ルトフェルはまた笑う。

「だから、俺はお前をララに預けた。たとえお前が暴走しても、ララならばその身を石に変えて、自らの命を守ることができるからな」

「……なるほど」

道理でララが、アリステアを怖がらないわけである。彼女には最初から、アリステアに殺されない自信があったのだ。

「——どうだ？　少しはがっかりしたか」

「……いいえ。私はちゃんとわかっていますから」

たとえララが安全な場所から手を差し伸べていたのだとしても。自分に与えてくれたものを一つ一つ思い出せば、愛おしさしか湧いてこない。

自分自身よりも、アリステアのことを愛してくれた。結局は命をかけて、助けてくれた。

「——正直に言おう。お前は化け物だ」

わかっているんだろう？　とルトフェルは言外にアリステアに問う。

「………………はい」

「だからこそ私は、人間の良心をかき集めたようなあの子に、お前を預けた。お前が決して人間の敵に回らないように」

そして、そのルトフェルの画策は、実にうまくいった。

あれほどの目に遭いながらも、結局アリステアが人間そのものを憎むことは、なかった。

「ララもまた、ちょっと普通じゃないからな」

ルトフェルはそう言って肩を竦めた。アリステアは彼を睨む。

自分が蔑まれるのは我慢ができるが、ララを貶されるのは我慢ができない。

「だってそうとしか思えないだろ？　あんな劣悪な環境下で育ったら、お前みたいにひねくれるのが普通なんだよ」

ララの育った環境は、アリステアとさして変わらない、酷いものだった。

「だけどあの子はきれいなままだ。それを俺は、奇跡のように思う」

ララのように馬鹿みたいに善良な人間が、近くにいたから。

アリステアは世界に、人間の存在に、絶望をせずにいられたのだ。

「……その後、ララの家族はどうなったんです？」

アリステアが冷たい声で問う。ララが受けた苦しみや痛みを、少しでも彼らに味わせてやりたいと、そう思ったのだ。

「安心しろ。奴らはしっかりその報いを受けたさ。土の精霊に愛されたララを追い出したせいで、それまでよかった領地の実りが激減。そのくせ後妻の浪費癖は収まらず、最終的には土地も爵位も全財産を失って一家離散。今じゃ全員行方不明だ」

ララが国家魔術師になったことをどこかで知ったのか、厚顔にも金の無心のためララに接触しようとしてきたが、それらはルトフェルが全て握り潰した。

「もう、生きていないかもなあ？」

残忍な顔をしてルトフェルが笑うので、アリステアとしても、少し溜飲が下がった。

そしてアリステアは石像になったララを、眩しげに見つめる。

彼女はよく言っていた。「人は、人に助けられながら生きているのだ」と。

拾ってくれたルトフェルがいて、育ててくれた孤児院の院長がいて。だからこそ今、自分は生きてここにいるのだと。

手のひらの上にあるものに感謝しながら、彼女はいつも笑っていた。

「師匠は、ずっとこのままなのでしょうか」

隅々まで彼女の体を確かめ、大きな外傷がないことは確認済みだ。

だが、彼女は、いつまで待っても目覚めない。

「自分を呑み込んだ竜が死んだのに、なぜ目を覚ましてはくれないのでしょう?」

アリステアは、石像のララに訴えるように聞く。ルトフェルも、縋るような目でララを見た。

「……いつララの石化が解けるのか、正直俺にもわからん。どんなふうに魔術式を組んだのかすら、彼女が石になっている今はわからないんだ。明日目覚めるかもしれないし、百年後かもしれない。もしかしたら、永遠にこのままかもしれない」

「…………」

どうするんだ、とルトフェルの目がアリステアに問うていた。

アリステアの心は、とうに決まっていた。

「私は、師匠のそばにいます。いつか、彼女が目覚めるまで」

かつて、アリステアは休みのたびに、ララに孤児院の慰問に付き合わされていた。

彼女は弱者に手を差し伸べることに、躊躇しなかった。かつて自分が手を差し伸べられる弱者であったからこそ。

ララがいなくなってから、アリステアは彼女の代わりに孤児院に援助をし、慰問をするようになっていた。

ひとつひとつ、彼女が残した痕跡を辿った。彼女が生きていた証拠を集めるように。

ララの死を聞いた子供たちは、嘆き悲しんだ。アリステアは初めて彼らに親近感を持った。

ララの死を悼む、彼らの心が嬉しかった。

かつては、彼らと同列でしかない自分が、あんなにも悔しかったのに。

ララがこんなにも人に愛されていたことが、嬉しかった。

『ねえ、アリス。いつか子供たちがお腹を空かせることのない、殴られることのない、そんな世界になったらいいわね』

――ああ、そうだ。いつか彼女が目覚めた時、世界が、彼女の望むものであればいい。

「……今回の件で国王に強請（ねだ）る褒美を思い付きました」

「へえ」

アリステアの竜討伐を国王は大層喜び、褒美として何か望みはないかと問われていたのだ。

「あの、竜が棲みついていた土地一帯をもらいます」

ルトフェルは驚いたように目を見開く。これまでアリステアは、金や名誉などに拘ったことがなかったからだ。

『他にも近隣の魔物たちが多く棲んでいて、人の住めぬ土地をいくつか。そして、そこに、師匠の望んだ新しい世界を、一から作ろうと思います」

――――彼女のように、優しい世界を。

それは、アリステアの新たな生きる目標であり、贖罪だった。

それを聞いたルトフェルは、面白そうにニヤリと笑った。

「いい選択だ。あの考えの足りない国王は、魔物の住んでいた土地なんぞ、あってもなくてもいいと思っているだろうから、ろくに確かめもせずにあっさりと寄越すだろうさ」

ルトフェルもまた、精霊たちの気配に敏感であるからこそ、あれらの土地の真価に気づいたのだろう。

魔物たちが棲む土地には、彼らを恐れた人間たちが近づかないために、手付かずのままの資源が、山のようにあった。

また、これまで農耕が行われていないために、土壌も豊かだ。

魔物たちを駆逐し、それら全てを手にすれば、あれらの土地はどこよりも豊かな場所になるだろう。

そんな夢物語を語るアリステアに、ルトフェルは楽しそうに笑って、その肩を叩いた。

「頑張れよ、アリス。思わず俺も移住したくなるような、そんな場所を作ってくれ」

そう言ってルトフェルが帰った後、アリステアはララの石像の前に立ち、彼女に話しかけた。

「――ねえ、師匠。私、作ってみます。あなたの望む世界を」

いつか、ララが目覚めたときに、そこがララの望む世界であるように。

そして彼女が、その後の人生を幸せに生きられるように。

「目が覚めた時、あなたは喜んでくれますか。褒めてくれますか。笑ってくれますか」

――そこにはもう、自分はいないのかもしれないけれど。

「――ああ、くやしいなあ」

本当は、自分こそがララのそばに居たかった。たとえ、男として見てもらえなくても。

そんな恨み言とともに、アリステアの目から、涙がこぼれ落ちた。

そして、いずれ目覚めるであろう、彼女の幸せだけを願い、アリステアは立ち上がった。

思惑通り、国王は厄介払いができたとばかりに、あっさりと魔物が住む広大な土地をアリステアに与えた。

そうすることで、アリステアを対魔物の防御壁としても使えると考えたのだろう。

アリステアはすでに、ルトフェルすらも軽く凌駕し、国一番の魔術師となっていた。そんな彼を恐れ、遠ざけたい気持ちもあったのかもしれない。

ついでに王は、ガーディナーという家名と、伯爵位まで寄越した。アリステアに自分の臣下であることを忘れさせないためだと思われた。

正直いらなかったが、魔物が跋扈する土地とはいえ一応は領主となる以上、名目が必要となるかもしれないと、もらっておいた。

のちにこの土地が土壌も良く、地下資源にも恵まれていることを知った国王は怒り狂ったそうだが、そんなことは知ったことではない。

よくよく調べもせずにその判断をした、軽率な国王が悪いのである。

そしてアリステアは、その土地に住む魔物たちを駆逐し、今後は領地内に入り込めないように、きっちりと結界を張った。かの大魔術師が作り上げたものと、同じ仕組みのものを。

それから人を雇い、土地を整備し、国中の貧困に喘ぐものたちを、領地に移住させた。

その人手を使って金山や宝石の鉱山を発掘し、得た潤沢な資金で、街を作った。

金採掘の熱狂（ゴールドラッシュ）で人々は増え、さらに土地の開発が進み、十五年が経った頃には、ガーディナー伯爵領は、国有数の豊かな領地となった。

人々は志ある領主だと、アリステアを褒め称える。

だが、彼の行動の全てが、たった一人の女に褒めてもらうためだったと知ったら、きっと呆れることだろう。

やがて領地の中央。公共事業の一環として建造された、アリステアの城。

その中心部に造った日当たりの良い丸天井（ドーム）の広間の中央に、アリステアはララを飾った。

ララは、まるで女神像のように、祈るような姿でそこにいる。

彼女を裸のままにするわけにはいかないと、お針子に頼んでそのままの姿でも着られるよう、貫頭衣のような形のドレスをいくつも作らせた。

形には拘れない分、質の良い絹で、美しい刺繍が施されたものだ。

きっと彼女に意識があったのなら、こんな高価なものは似合わないと、身に付けてはくれなかっただろう。

けれどララが、王宮ですれ違う綺麗なドレスを着た貴族女性を、時折羨ましそうに目で追っていたことを知っている。

国家魔術師に国から与えられる長衣は、厚手の上質な黒の生地に銀糸で刺繍された重厚なものだが、若い女性が好むような意匠ではない。

ララだって本当は、年頃の女性らしく、その身を飾ってみたいと思っていたのだろう。

ただ、彼女にはそれ以上に、アリステアの養育や仕事、孤児院への援助など、優先すべきことがあったから、諦めていただけで。

「ねえ、あなたはもっと、自分本位に考えてよかったんです」

だからアリステアは、ララの代わりにララ中心で物を考える。

毎日手ずからララを磨き、ドレスを着せ、彼女に似合いそうだと妄想しては買い集めた宝石で飾って話しかける。

「今日もとてもきれいですよ。師匠」

そのせいで、石像の着せ替えが趣味であり、人間の女は愛せないなどという噂を立てられたが、本当のことなのでしかたがない。むしろ女除けになって都合がいい。

アリステアは、ララ以外の女に一切興味が湧かなかった。

初めて恋した女が、自分にとって最上級の女だった。

だったら他の女など、新たに愛せるわけがないのだ。

ララの体を隅々まで磨き上げる時間は、アリステアにとって至福の時間だ。

その滑らかな表面を優しく撫でまわし、そこにあったはずの温もりや柔らかさを想像しながら彼女に話しかける。

また、アリステアとて健康な成人男性なので、時折口には出せないようなことにも、付き合ってもらったりする。

「師匠……、師匠……」

行き場のない熱く猛った劣情を慰め、吐き出す。

自分の欲望でララを汚すのは、どうしようもない背徳感があって、たまらなかった。

石像のララといるときだけ、アリステアは自らの生を実感できた。

「ねえ、師匠。領内に学校を作ったんです。貧しくとも志あれば通えるような、そんな学校を」

褒めてもらいたくて、その日頑張ったことを、アリステアは毎日ララに報告する。

「師匠、言ってましたもんね。子供たちに平等に教育の機会を与えたいって」

『まあ！　すごいわ！　流石は私の可愛いアリス！』

もちろん冷たい石のララは、返事をくれはしない。それでもアリステアは、そんな風に笑って褒めてくれる彼女を想像して、少し報われた気持ちになる。

「学校には私の名前が付くそうです。お目覚めになってその名を聞いた暁には、是非笑ってやってくださいね」

冷たく硬いララを、柔らかく抱きしめる。かつて大きく感じたその体は、今ではアリステアの腕の中にすっぽりと綺麗に収まってしまう。

ララは、本当はこんなにも小さかったのだと、アリステアは自らが大人になって知った。

こんな小さな体で自分を育て、守ったのだと、彼女の偉大さもまた大人になって知った。

気がつけば、出会った頃の彼女よりも、別れた時の彼女よりも、アリステアは大人になっていた。

こんなにも小さなララが、年若かったララが、一人でアリステアを育てると決めた。

アリステアを助けるために、巨大な竜の前に立った。

――そのことに、一体どれほどの覚悟と勇気が必要だったのか。

「……あなたにちゃんと愛されていたんですね、私は」

――たとえそれが、どんな形の愛であれ。アリステアの視界が滲む。

そして、硬く閉ざされたララの冷たい唇に、自らの唇を重ねる。温度を与えるように、何度も何度も。

いつか、ここが温かく綻んでくれたらどれほどいいだろうかと。そんなことを思いながら。

「だから私は、師匠のその献身に報いるべく、これから先の人生を使います。師匠の願いを叶えます。あなたが目を覚ました時、私を助けてよかったと、そう思ってもらえるように」

今のところ領地経営は順調だ。どうやら領民にも慕われているようだ。信頼できる配下もできた。毎日を忙しく過ごしている。

ララの望むように生きてみたら、世界は、思ったよりも悪い場所ではなかった。

アリステアの日々は、充実していると言っていい。――だがそれでも。

「――やっぱり、どうしようもなく寂しいんです。師匠」

アリステアの縋るような声は、小さく響いて丸天井に消えた。

月日が経つたびに、冷たい石のララに触れるたびに、アリステアの心に、少しずつ諦めがもたげてくる。

きっともう、自分が温度のあるララに触れられることは一生ないのだろう。

そう、思うようになっていた、ある日。

アリステアが領地の視察のため城を留守にしたわずかな間に。——ララの石像が消えた。

厳重なはずの領主の城の警備を掻い潜り、ララは盗まれた。

真っ青な顔で床に額を擦り付けて、失態を詫びる使用人たちを、アリステアは呆然と眺めていた。

どうやら城に侵入した盗賊は魔術を用いて、ララの石像を盗んだようだ。

ララの飾られていた広間の扉の鍵は、自然ではあり得ないほどに腐食し折られており、城の周囲を取り囲む金属製の柵も、人の力では不可能なほどに折り曲げられていた。

「それにしてもおかしいのです。石像様が身につけておられた宝石類は全て置かれたままで、ただ石像様だけがなくなっているのです」

金目当てだとしたら、明らかにおかしい。配下の報告に、もしや、と心の中に期待が過ぎる。

——彼女が、目を覚ましたのかも知れない。

だが、その一方で、これ以上裏切られることを恐れる自分が、その憶測を打ち消す。

アリステアがあの竜を殺してから、すでに十七年が経過していた。

純粋に期待を持つには、あまりにも時間が過ぎていた。

アリステアは表情をひきしめ、厳しい口調で命じる。

「今すぐ軍を派遣し街道を封鎖せよ！　領境も兵で固めろ！　一人たりとも領地外に逃すな！」

普段はあまり感情を見せず淡々としている領主が、初めて見せた激昂（げっこう）する姿に、配下たちは震え上がり、すぐに軍を派遣した。

自らも飛び出していきたいのを必死に堪え、生きた心地のしないままアリステアが配下の報告を待つこと数日。

石像（ララ）の行方を知っているという人物が、見つかったと報告が上がった。

「今すぐに連れてこい」

あらゆる手を使ってでも石像（ララ）のありかを吐かせようと、すぐにその人物を城に連行させた。

自ら尋問しようと、その者を目の前に引き出すよう命令した。

アリステアは、容姿は美しいが、相手を凍えさせる氷のような雰囲気の持ち主だ。

そして彼の声には魔力が宿り、不思議と逆らうことを許さない。

彼に直接尋問された者は、畏れのあまり、知る全てを吐かされてしまう。

彼の前で平伏しているのは、どうやら女性のようだ。粗末な服を身に纏い、頭を深く下げている。——その豊かな茶色の髪に、既視感がある。

冷たい大理石の床に添えられたその細い指も、震える小さな肩も。何度も何度も触れた、アリステアの指先が覚えている形のままで。

「——面を、あげよ」

思いの外、期待で声が震えた。

目の前の女性が、ゆっくりと顔を上げる。その時間すら、もどかしい。

そして、大好きだった、どうしてももう一度見たいと願い続けた、優しいこげ茶色の目がアリステアを見上げる。

「…………っ！」

それは間違いなく、喪ったはずの、最愛の女の顔で。

だがどうやら彼女は、目の前の男が、かつての自分の弟子であることに気付いていないようだ。ぼうっとアリステアの顔に見惚れている。

彼女のそんな顔を見たのは、初めてだった。保護者ではなく、女としての、顔。

——ああ、そういえば。アリステアはふと思い出す。

そう、今の自分は、彼女の恋愛対象内である三十二歳の成人男性なのだった。

何故か、笑い出しそうになった。これまで神など微塵も信じていなかったが、今なら信じてやってもいいと、アリステアは思った。

つまり、これはきっと、アリステアの長き忍耐に、神が与えたもうた祝福に違いない。

「——師匠」

絞り出した声は、どこか縋るような響きで。それを聞いたララは、かつてのように慈愛に満ちた微笑みを浮かべて答えた。

「——なあに？」

それは間違いなく、魂に刻まれた、愛する人の声だった。

それから先のことを、アリステアはよく覚えていない。気が付けばララをきつくきつく抱きしめていた。

かつて、冷たく硬い体を、こうして何度も何度も抱きしめた。生きていたのならどんなに温かく柔らかいのかと、妄想をしながら。

なるほど。実際はこんなにも柔らかく、温かかったのだ。想像よりも遥かに素晴らしい。

子供の頃は当たり前のように与えられていた、それらすべてを、アリステアはようやく思い出すことができた。

「……私の可愛いアリスなの？」

どこもかしこも大きくなって、可愛げがなくなってしまい、アリスという可憐な響きには全くそぐわない見た目になってしまったからか。

ララは未だに確信が持てないようで、恐る恐る聞いてくる。

かつては悔しかったその言葉も、今は愛おしさしか感じない。

なんせ、「私の」なんて所有形容詞がつくのが、最高ではないか。

過去の自分はなぜあんなにも嫌がったのか。愚かしいことこの上ない。

――そう、自分はずっと彼女の所有物だったのだ。身も心も。

「――ええ、あなたのアリスです」

だが、自分が石化している間に二十年という年月が経過したという事実を、受け入れられなかったのか。

ララは愕然とした表情を浮かべたまま、アリステアの腕の中で気絶してしまった。

背筋に冷たいものが走り、慌ててその呼吸と鼓動を確認して、ほっと息を叶く。

「――悪いが、彼女の部屋を用意してくれ」

その場にいた使用人たちは、我に返り、慌てて頭を下げる。

敬愛する領主の腕にいるのは、美しい生きた女性だ。領主が愛した石像と瓜二つ（うりふた）の――。

「あの、どちらのお部屋になさいますか？」

「私の部屋の、隣に」

それを聞いたこの城の侍女長、マリエッタの顔がぱあっと明るくなる。

主人が石像しか愛せない性的倒錯者と知りつつも、一縷の望みをかけて、アリステアの私室の隣に作られた、女主人のための部屋。

開かずの部屋となり果てていたそこが、報われる時が来たのだ。

「今すぐ整えてまいります！　今すぐ！」

マリエッタは急いでスカートの裾を持ち上げて身を翻すと、その場を足早に後にした。

「失礼ですが、その方はまさか、あの石像様ですか……？」

彼女の背を見送りながら、老齢の家令がアリステアに恐る恐る聞いてくる。

この城の使用人たちは皆、アリステアがあの石像を、着せ替えさせたり撫で回したり抱きしめたり時々舐めまわしていることを知っていた。

領主は間違いなく素晴らしい人格者であったが、その一方で、石像しか愛せない真性の変態でもあった。

そんな痛々しい彼を、使用人たちは温かく受け入れて、領主の愛する石像を「石像様」と呼び、実際に主人の奥方に対するように接していたのだが。

——もしあの石像が、なにかしらの理由で石化してしまった、生きた人間だとしたら。

主人はこの国一番の魔術師だ。だからそんな不思議なことも起こり得るのだろう。

まるで生きた人間のように石像に接する、これまでの主人の奇行にも説明がつく。

まあ、それはそれで、また無抵抗の女性に対し、同意を取らずにあれこれとそういった行為に及んだという、別の問題が発生するのであるが。

「ああ、私の愛する女性だ」

それを聞いた使用人たちが、一斉に咽(むせ)び泣いた。誰もがこの領主の報われない恋を、胸を痛めながら見つめていたのだ。

それが一転、手の届く人間の女性となった。もしかしたら、諦めていた次代の領主も誕生するかもしれない。

「――失礼ですが、奥様のお名前は」

執事が滂沱(ぼうだ)の涙を流しながら、アリステアに聞く。

もう、使用人たちの間では、ララがこの城の女主人になることが確定していた。

アリステアも満更ではないようで、ほんの少し嬉しそうに頬を緩める。

主人のそんな柔らかな表情を見ることも初めてで、使用人たちはさらに溢れる涙を止めることができない。

「名はララという。まだ妻ではないが、近くそうなる予定だ。よろしく頼む」

そして、もちろんアリステアの中でもそれは決定事項であった。

彼の幸せそうな顔に、こんな日が来るとは思わなかったと、使用人たちはやはりおいおいと泣いた。

気絶したララの温もりを腕の中で確かめているうちに、部屋の準備ができたとマリエッタから声をかけられ、アリステアはそっと彼女を抱き上げ歩き始める。

出会ったあの日、自らの足では歩くことすらできず、彼女の小さな体に背負われた自分は、屈辱の中にいた。

けれど、今ではこうして彼女を軽々と抱き上げ、運ぶことができる。

そのことが、何よりも嬉しい。

アリステアはララの温もり、呼吸、その全てで、彼女が生きていることを実感する。

――――さて、どうやって彼女を言い包め、囲い込み、捕らえようか。

アリステアはもう二度と、ララを逃すつもりはなかった。

彼女の足首に、永続的に位置情報を発する魔術を込めた金の鎖を巻いた。前回砕け散った魔石の反省を生かし、今回は金属製にした。

そして目を覚ましたララを、容赦無く追いつめ、甘やかした。

他人を甘やかすことはあっても、甘やかされることはほとんどなかったのだろう。

少しずつララはアリステアに依存し、保護者としての姿だけではなく一人の女性としての姿を見せてくれるようになった。


「――――お美しゅうございますわ、奥様」

侍女長であるマリエッタの満足げな声に、アリステアは追想の淵から戻る。

ララが、大きな姿見に映された自分の姿に見惚れている。

優しい茶色の髪は綺麗に編み込まれ、宝石のついたピンで留められている。そして、身に纏っている薔薇色のドレスは、極上の絹地に金糸で細やかな刺繍が施され、なんとも華やかだ。

袖や裾は可愛らしくクリーム色の手編みのレースがたっぷりと使われており、ふんわりと広がっている。それは歳の割に少し童顔なララに、よく似合っていた。

「すごいわ……！　私じゃないみたい！」

ララが嬉しそうな顔で、感嘆の声をあげた。

そして、まるで少女のように、姿見の前でくるりと回ってみせるララを、侍女たちは微笑ましげに見つめる。

もちろんアリステアも魂が抜けてしまったかのように、彼女に見惚れていた。

天使だ、と思う。こんなにも可愛い生き物は、世界中を探しても、他にいまい。

「――綺麗ですね。ララ」

「あ、ありがとう。お世辞でも嬉しいわ」

「いえ、本当のことですよ。あなたは美しい。……私はずっとこんな風に、あなたを着飾らせてみたかったんです」

子供の頃からの夢が叶った。そう言ってアリステアが笑えば、恥ずかしそうに、ララは頬を赤らめて、それからうっとりと彼を見上げた。

そんな目で見てもらえることが、嬉しい。ようやくララの中で、小さなアリステアの心象が薄れ始めたのだろう。

「さあ、行きましょうか」

差し伸べられたアリステアの大きな手に、少しの逡巡の後、ララが素直に自らの手を乗せる。

アリステアはその小さな手を、宝物のように大切に握った。

第五章　魔女、陥落する

アリステアにエスコートされるまま馬車に乗り込み、走り出した馬車の窓から、ララは外を眺める。

城下に作られた、新しく美しい街。全て一から作られたからか、左右対称にきっちりと均等に区画分けされており、その間を走る道は広く、しっかりと舗装されている。

ここまで徹底的に美しく整備された街を、王都ですらララは見たことがない。領主であるガーディナー伯爵家の紋章の入った馬車を、領民たちが敬意を持った目で見つめる。

（本当に豊かな場所なのね……）

ララは村人たちから聞いた話を思い出す。

アリステアがこの地の領主となったのは、十七年前。ここは、当時たった十五歳の少年が、竜退治の恩賞として国王に望み、手に入れた土地だという。

たった一人でこの地に住む魔物たちを駆逐し、次々に見つかった金鉱や宝石鉱から生み出された利益で、多くの貧しく恵まれぬ人々を受け入れ、彼らに住む場所と仕事を与えた。

そしてこの街は、一気に発展した。

いまだに多くの人々が、夢を持ってこの地に移住をしてくるのだという。

(それにしても、アリステアはどうして領主となることを選んだのかしら)

それは、ずっとララが疑問に思っていることだった。幼き日の彼は、ララに言ったのだ。

弱い人間は、自業自得であると。だから、強者によって淘汰されるのは、仕方がないことなのだと。

それなのに、領主として彼は、弱いものたちに手を差し伸べ、救済している。

視線を車内に戻し、ララはアリステアを見つめる。その視線に気づいた彼は、嬉しそうに顔を綻ばせた。それだけでララの心臓が跳ね上がる。

「ねえ、アリステア。これからどこへ行く予定なの?」

「実はあなたに、私の作った街を見てもらいたいのです」

アリステアはそう言って、悪戯を企む子供のような顔で笑った。

最初に着いたその場所は、子供たちの通う学校だった。

その校門には『アリステア第三基礎学校』と銘打たれている。

「子供たちに平等に教育を与えるために、作ったのです」

領主夫妻の視察として歓迎され、教師に案内されて教室をのぞいてみれば、小さな子供たちが一生懸命に授業を受けている。

なんでもこの基礎学校は区画ごとにあり、この領地で生まれ育つ子供は皆、平等に学ぶことができるのだという。

そんな試みは、王都ですら行われていない。夢のような話だ。

「字が読めて、簡単な計算ができるだけで、他人から搾取されることが大幅に減りますからね」

与えられた知識や技能は、確かにその子の未来を守るだろう。

それから、地区ごとにある診療所や、それらを統括する大きな病院を見せられた。

やはりその建物にも、『アリステア第一病院』と銘打たれている。

病状や怪我が軽微な者は診療所で、重篤な者は病院に集められ、治療を受けられるようになっているのだという。

こちらも全て地区ごとに設置されており、運営資金は税金で賄われ、この地に住まう民は平等に、治療を受けられるのだ。

ララは感嘆の溜息(ためいき)を吐いた。まるで理想郷だ。人々が大挙してこの地に移住してくる理由がわかる。

「すごいわ……！」

思わずララが声に出せば、アリステアは誇らしげに笑った。

村人たちにアリステアの偉業をそれなりに聞いてはいたが、これほどとは思わなかった。

どこに行ってもアリステアとララは歓迎を受けた。だが迎える方に、それほど気負った感じはしないので、おそらく彼は頻繁に視察に来ているのだろう。

そしてさらに一刻ほど馬車に揺られ、最後に彼に連れて来られたのは、郊外にある大規模な孤児院だった。

巨大な建物に、広大な庭。そこでは多くの子供達が、楽しそうに遊んでいる。

彼らは皆清潔で健康そうだ。必要なものを、必要なだけ与えられているのだろう。

これほどまでに大規模で恵まれた孤児院を、ララは見たことがなかった。

「アリステア様。お待ちしていましたわ。ようこそ、アリス孤児院へ」

その孤児院の建物から出てきたのは、一人の老女。

やはりアリステアは、ここにも頻繁に顔を出しているのだろう。この地の領主を目の前にしながら、その老女は恐縮する様子がない。

——だが、そんなことよりも、ララを驚かせたのは。

「先生……？」

随分と歳を取ってしまったが、彼女は間違いなく、ララの育ての親だった。

王都校外にある、孤児院の院長。強く優しく、ララを導いてくれた人。

王都にいるはずの彼女が、なぜこんなところにいるのか。

「ここに孤児院を作ると決めた時に、彼女になら任せられると思ったのですよ」

王都の孤児院を彼女と孤児たちごと、ここに持ってきてしまったのだと、アリステアはララに耳打ちして、笑った。

聞いた瞬間、ララは思わず彼女に向けて走り出す。

「先生……！」

いくら歳をとってしまったとしても、その優しい目元は見違えようがない。

懐かしさに涙をこぼしながら、彼女に抱きつく。

「ララ……？　まあ、ララなの？　本当に？」

抱きついてきたララに、院長も驚き、目を見開く。

「ええ、院長。ララは実は生きていたんですよ」

アリステアの言葉に、院長もそのしわの深い目尻から、ポロポロと涙をこぼした。きっと彼女も、ララの死に心を痛めていたのだろう。

「まあ、まあ、なんてことなの……！　神よ、感謝いたします……！」

ララが生きていることを喜ぶ、彼女の祈りの言葉に、ララは子供の頃に戻ったかのように、またその目から大粒の涙をこぼした。

二人抱き合って、一頻り泣いた後、孤児院の中へと案内される。

世話をする職員も多く、子供たちはよく笑っている。

ララが理想とした、親を亡くした子供たちの居場所が、そこにはあった。

そして、院長の部屋で、彼女お手製の薬草茶を供される。懐かしい苦い味に、ララは相好を崩す。

「それで、あなたが姿を見せなくなったこの二十年の間に、なにがあったの？」

院長に問われて、ララは話した。アリステアを庇い、古竜に呑み込まれたこと。その際に身を守るため、自らの身を石に変えたこと。

そして、長い年月を、石像として時間を止めて過ごしたこと。

当時のことは、アリステアにもまだ話していなかった。そのせいか、彼もまた真剣な面持ちで聞いていた。

「ねえ、それではララは、どうして今頃になって人間に戻ったの？」

院長に問われ、ララは少し得意げに答える。この魔法は、ララの研究の集大成だったのだ。

「私固有の石化の魔術と、時限魔術を組み合わせたんです。時限魔術というのは、精霊に指定した時間に指定した通りの動きをさせるという魔術なんです。元は寝起きの悪い私とアリステアの朝の目覚まし用魔術として構築したものだったのですが、他に何か転用できないかとずっと考えてまして。そして今回、石化の魔術と組み合わせたのです。あの竜に食べられてから、きっちり二十年後に石化が解けるように」

「なぜ、そんなことを……」

アリステアが小さな声で呻いた。その苦しげな響きに気づかず、ララは話を続ける。

「さすがにあの竜を殺すことは、人間には不可能だと思ったのよ。竜の背鰭の数を見るに、その寿命は残り二十年に足りない程度だと判断したから、それに合わせて、竜が寿命を迎えた後に目覚められるように」

竜の寿命は、ほぼ百年で、それを大幅に超えることはない。まるで、神が定めたように。

「……なるほど」

底冷えするような、声だった。そこでララはようやくアリステアの暗い表情に気づく。

まさか予定よりも十七年も早く、あの竜が命を落とすことになるとは思わなかったのだ。

しかも、あの時、助けた愛弟子によって。

そして彼は、ララがいつ目覚めるか分からないという不安の中で、十七年にもわたり待ち続けていたのだ。

「……死なないと、言ったでしょう？　あの時の言葉に、嘘はなかったのよ」

ただ、長い長い時間、かかってしまっただけで。

「そうだったのですね……」

アリステアは呻いた。当時、彼に詳しいことを話してあげられなかったことを、今更ながらに悔やむ。

もちろん、古竜を前に、そんな余裕はララにはなかったし、正直その魔術がうまくいくかどうかも、賭けのようなものだったのだが。

沈んだ様子のアリステアを気にしつつも、また来ると院長に伝え、別れを惜しみつつ帰路につく。

今日一日で、ララのアリステアに対する見る目が変わってしまった。子供だった頃の、彼の心象（イメージ）が一気に払拭されてしまった。

アリステアは馬車の中で、社会福祉という概念についてララに話してくれる。

「本来福祉というものは、社会全体で行うべきものです。そもそも個々人の善意や努力に頼って行うものではないのですよ」

親のない子にも温かな寝台と、お腹いっぱいの食事を。そして、教育を。

貧しい人には、その時生きていくための援助と、自立するための支援を。

病を得たものには、適切な治療を。人々が生きるために、必要な設備を。

それらは本来は国、もしくはその地の領主がすべきことなのだと。

ララが行っていた個人的資金の援助では、抜本的な解決にはなりはしなかったのだ。

そのことを、今更ながらララは思い知らされる。

「もちろんララが行っていたことは、尊いことです。あなたに救われたものは、私を含めたくさんいる。それを否定するつもりはありません。ですが、国の怠慢を国民の善意で賄うこと自体、おかしな話だと思うのです」

目の前にいる子供たちが飢えているから、寒さに震えているから、だから私財を投げ打って手を差し伸べるララの行為は、決して間違ったものではない。持てる者の高潔な行為だ。

だがそもそも、弱き立場にある彼らに、国民として必要最低限の生活を保障する義務があるのは、国だ。

アリステアは正しい。そういえば彼は昔から賢い子だった。

「あなたって、本当にすごいわ」

アリステアを尊敬の目で見つめ、そしてララはあることに気付く。

「そういえば、何でいくつかの施設にあなたの名前がついているの？」

孤児院も、学校も、病院も。その地区を統括するような大きな施設には『アリステア』もしくは『アリス』と彼の名前がつけられていた。

「皆が私の名前を施設に冠したいというので、許可しました」

さらりと何でもないことように言った彼の、そんな言葉にララは驚く。

「……あなたなら、嫌がりそうなものだけれど」

アリステアは名誉などに一切興味がない性質（タイプ）だと思い込んでいた。そして恥ずかしがって嫌がると思っていた。

すると彼はほろ苦く笑った。なぜかその笑顔に、ララの胸が締め付けられる。

「……私は、知らなかったんです。あなたが二十年後に目覚めるなんて」

ルトフェルには、ララがいつ目覚めるかはわからないと言われていた。色々と解呪の方法を試したが、全てが徒労に終わった。

　何年も何年もララの目覚めを待って、十年を超えたあたりで諦めが首を擡げた。

　このままずっと、アリステアが死ぬまで、彼女は目覚めないのではないか、と。

「いつかララが目を覚ました時。その時には私はもうこの世にいないかもしれない。だったらあなたのために、自分できることはないだろうかと考えました」

　そして、いつか目覚めるララのために、彼女の望む世界を作ろうとしたのだ。

「私が生きた証を、あなたに残して逝きたかったのです」

　自分が死んでこの世界から消えた時。残せるものは、名前だけだと思った。

　いつか自分が作ったこの仕組みを、目覚めたララが見つけてくれたらいい。

　ララに褒めてほしかった。──たとえ、自分がこの世界からいなくなった後であっても。


「…………っ！」

　それを聞いてしまったら、もう、ダメだった。

　彼の高潔な行為の、その全てが、ララのためだったのだ。

　ララはその場に蹲り、手を顔で覆い、肩を震わせながら嗚咽と涙を零す。

「ねえ、ララ。褒めてください。私、頑張ったんです」

「馬鹿よ……馬鹿だわ……あなた」

褒めるどころか、貶す言葉しか出て来ない。どうして、と問わずにはいられない。

何ということだろう。自分は、あの小さな子供に、呪いをかけてしまったのだ。

何気なく言った言葉だった。彼に背負わせるつもりなどまるでなかった。ただの夢物語。

ララの中にあった漠然としたそれを、アリステアはその優秀な頭で実現可能な段階まで噛み砕き、ひとつひとつ愚直に叶えていったのだ。

（――どうして、どうしてそこまでして）

「私は、私はなんてことを……！」

馬車の床で泣きじゃくるララを不思議そうに見て、アリステアはその前にしゃがみ込んだ。

「私は、あなたに、幸せになってほしかったの」

「ええ、わかっていますよ。あなたがそのつもりだったことくらい」

「私のことなんて、忘れてしまってよかったのよ」

「だから私の気持ちを侮らないでください。忘れられるわけがないでしょう。……思い通りにならなくて残念でしたね？」

アリステアは、してやったりとばかりに、得意げな顔をした。

「私はあなたにどう償ったらいいの……？」

二十年間という長い年月。生まれたばかりの赤ん坊が大人になってしまうほどの、長い年月。

——アリステアはただ、ララのためだけに生きていたのだ。

「私を哀れに思うのなら、どうか褒めてください。——そして、できることならば、愛してはいただけませんか？」

ララは嗚咽で切れる呼吸を整えようと、深く息を吐く。そして、唇を開いた。

「よく……よくがんばったわね。私の可愛いアリス」

涙でうまく言葉にならない。必死に手を伸ばし、彼の柔らかな銀の髪を撫でる。

すると、アリステアは嬉しそうに、その美しい蛋白石色(オパール)の目を猫のように細め、潤ませた。

（——ああ、彼の献身に、返せるものが何もない）

心苦しさに、ララは涙が止まらない。

「ねえ、ララ、断言してもいい。私以上にあなたを愛する人間なんて、絶対に現れません。これまでも、これからも」

ララは素直に頷いた。かつて軽んじた彼の想いを、ララはもう、見て見ぬ振りをすることはできなかった。

「私は言ったはずですよ。あなたに正しく私の気持ちを、認めさせてみせるって」

もう認めざるを得ない。あの小さな少年の想いは、気の迷いなどではないのだと。

――紛れもなく、真実だったのだと。

「だからもういい加減、私のものになってしまいましょう？」

だが、それでいいのだろうか。ララにはまだ迷いがあった。

アリステアが大切だ。世界中の誰よりも。それは間違いが無いのに、ララは、まだこの感情に「恋」という名前をつける自信がなかった。

「今は同情でも構いません。あなたはただ、差し出してくれればいい」

そんなララの迷いを払拭させるように、アリステアが言葉を重ねる。

その感情に、無理に名前をつける必要はないのだと。ただそばにいてくれれば、それでいいのだと。

「もちろんララの心も欲しいので、一生をかけて足掻かせていただきますが」

アリステアらしい言い草に、ララは思わず吹き出して、笑ってしまった。そう、彼はこうでなくては。

時間なら、これからの人生まだ沢山あるのだから。そして、ようやく彼女の心も決まる。

「――――全部あげるわ。私なんかでいいのなら」

何も持たないララには、アリステアに報いる方法が、それ以外になかった。

大した美人でもなければ、大した魔力もなく、歳だって若いわけではない。それでも、彼がいいと言うのなら。

「もちろんです。私は、あなたじゃなくちゃだめなんです」

すると、ララですら見たことがないほどに、アリステアが幸せそうに笑った。

その顔に、思わず体から力が抜けた。彼の想いの深さを見せつけられ、ララは、もう陥落するしかなかった。

「……いつか、私がいらなくなったら言ってね」

「残念ながらそんな日は一生来ませんよ。いい加減私の想いを見縊（みくび）らないでいただきたい」

「そうね。そうだったわね」

ララは両手を広げた。アリステアはそれに誘われるように、彼女をその腕に抱く。

揺れる馬車の中、二人は固く抱きしめ合う。

「ああ、やっと。やっと『僕』のだ……」

かつてのような、幼い口調。肩に感じるのは、温かな雫（しずく）。ララの目からも、涙が溢れた。

しばらく経ってララの頬に、ようやく顔を上げたアリステアの指が触れる。何を乞われているのかを理解して、受け入れるべく、ララはその瞼を閉じた。

柔らかな感触が、まずは瞑ったそのまぶたに落とされる。続いて両頬。鼻先。そして、唇。

啄（ついば）むだけの、優しい口付けに、ララが思わずくすぐったさに笑う。

すると今度は、食らいつくように、乱暴に重ねられる。

「んっ、んん、むっ」

呼吸さえ奪われるような、激しい口付けだった。

苦しさにうっすらと開けてしまった唇から、容赦無くアリステアの舌が入り込む。

そして、ララの口腔内を、情け容赦なく蹂躙する。

溢れる唾液をすすり、舌を吸い上げ、内側の粘膜を擦り付け合う。

アリステアの舌に翻弄されている間にも、彼の大きな手がララの体を確かめるように、その形を辿る。

「んっ、ん――――っ！」

やがてドレスの裾に彼の手が入り込み、その柔らかな太腿を撫でていく。あまりのくすぐったさにララは思わず彼の手を太腿で挟んでしまった。

だがアリステアはそんなララの抵抗を物ともせず、力強い手でその脚を割開き、奥へ奥へと進んでいく。

やがてその手にララのドロワーズがかかった、その時。

がたん、と大きな音を立てて、馬車が止まった。

そこで正気に戻ったララは、慌ててアリステアを引き離す。

「ちょっとアリステア、離れてちょうだい。城に着いたのでしょう？」

それでも引き続き執拗に触ってこようとするアリステアに、ララは必死に抵抗をする。

だが、アリステアはどこ吹く風だ。

「別に大丈夫ですよ。今はお楽しみ中だから、もう少し後に扉を開けろと御者に命じれば」

この弟子は羞恥心をどこに捨ててきたのか。ララは嘆かわしく思う。それでは馬車内で何をしているかが、御者にバレバレではないか。

真っ赤な顔で、ララは頭をぶんぶんと横に振った。

「まあ、確かに初めてが馬車の中というのは、さすがにあんまりですよね。一生忘れられない記憶になるような気もするので、そう悪くはない気もしますけど」

ララは泣きそうな顔で、またぶんぶんと頭を横に振った。それは断固として拒否である。

「仕方がないですね」と言って、アリステアはララのドレスの裾を整えると、彼女の膝裏に腕を差し入れてそっと抱き上げた。

「あ、アリステア！　私、歩けるわ！」

「いいじゃないですか。私がこの手であなたを運びたいんです」

鼻歌でも歌い出しそうな雰囲気で、アリステアはララを丁重に運ぶ。

そのまま城に入れば、すれ違った使用人たちが、そんな二人を微笑ましげに見つめる。

「悪いが、私はララとしばらく部屋に籠もる。出てくるまで誰も私の部屋には入るな」

アリステアの言葉に、使用人たちが嬉しそうに頷く。

全員がアリステアを応援しているような雰囲気だ。ララはもう羞恥で死にそうだった。

「ちょ、ちょっと待ってアリステア……！」

「いやです。私はもう十分待ちました」

抗議も虚しく、ララはあっという間にアリステアの寝室に連れ込まれてしまった。

初めて入った彼の部屋は青を基調としており、ララの部屋よりも一回り大きく、やはり一回り大きな寝台が置かれていた。

これから行われるであろうことを、否が応でも突きつけられ、ララの体が緊張でこわばる。

きっと、今日こそは最後までしてしまうのだろう。

アリステアはララを、その寝台にそっと下ろした。

それからララの小さな顎を指先で持ち上げ、また口付けを落とす。

優しい口付けだ。ララを愛おしいと、ただ、そう伝えてくるような。

そしてララの背中に手を当てて、体重をかけながらゆっくりと押し倒す。

下から見上げるアリステアの顔は、その優しい手つきとは逆に、これまで以上に余裕がない。

「あ、あの……アリステア」

これだけは伝えておかねば、とララは必死で口を開く。

「なんですか？」

ララのドレスを脱がそうとする手を止め、アリステアが聞き返してくる。

「あのね、私、こういうことが初めてなの……」

魔術師は、一人でも多く子を持つことを推奨されている。そのため、性に奔放な人間が多い。結婚前であっても肉体関係を持つことや子を持つことも珍しくなく、それ故に純潔性もさほど重視されていない。

よってララもまた国家魔術師であった頃は、そういう類の誘いをそれなりに受けてはきた。だが当時はアリステアの子育てと仕事に忙しく、そんなことに割くお金も時間も余裕もなくて、結局経験のないままこの年齢まで来てしまった。

するとそれを聞いたアリステアは微笑み、またせっせとララのドレスを脱がし始める。

「もちろんわかっていますよ。私とルトフェル様で守っていましたからね」

「…………はい？」

「ララに手を出すつもりなら、まずは愛弟子である私を倒してからにしろと公言してやったら、ララの結婚話まで不思議と全て消えましてして」

「…………はい？」

そんな話は全くの初耳である。どうやらあの日、アリステアに結婚の話をしたのが悪かったのかもしれない。

「根性のない輩ばかりですよねぇ。あ、ちなみにこれはルトフェル様の入れ知恵でして」

まさかの協力者に、ララは愕然とする。彼はどうやらこっそりと、アリステアの恋を応援し、その共謀までしていたらしい。

アリステアと一対一でやりあって、生き残れる国家魔術師などほとんどいない。たとえ、いたとしても、ルトフェルを含めとっくに皆既婚者だ。

ララと関係を持つための条件がアリステアを倒すことなのであれば、それを実行できる人間は、限りなく0に等しい。

道理でアリステアからの求婚以後、新たな結婚話がぱったりと途絶えたわけである。すべてこの弟子によって、前もって叩き潰されていたのだ。

それはそれで、当時しばらくは結婚するつもりのなかったララにとって、ありがたいことではあったのだが。

「つまりはあの頃から、ララには私と結婚する以外の未来はなかったんですよ」

結局全てが、アリステアの思い通りに回ったということか。

ララとしてもその結果に不満はないのだが、なぜだろう。些(いささ)かの引っ掛かりが残るのは。

自分の知らない場所で、自分の未来を勝手に決められてしまったからだろうか。

思わず不服そうな顔をしたララを、宥めるようにアリステアはまた口付けの雨を降らせる。

それにしても、本来器用なはずのアリステアが、ララのドレスを脱がせるだけのことに、随分ともたついている。

「……女性の衣装というのは、随分と複雑な造りなのですね」

そしてようやくドレスを脱がせ切り、コルセットの紐に取り掛かったアリステアが、思わず、といったように漏らした。

その言葉に、ララは思わず目を丸くする。

もしや彼は、こうした女性の衣装を脱がせることが初めてなのだろうか。

そんなララの疑問を察したのだろう、アリステアは肩を竦めて見せた。

「ああ、安心してください。もちろん私も初めてですよ。なんせ、ララ以外の女には勃たないんで」

「…………」

そういえばアリステアは、石像にしか欲情できないと、有名な男だった。

石像が相手では後継ぎができないと領民たちが嘆いていたことを思い出し、ララはあんぐりと口を開く。

つまりは、まさかの三十二歳高齢童貞。国一番の魔術師で、これだけの美形で、けしからん大人の色気を放ちながらも、まっさらの新品。

あんなにも器用に執拗にララの体を弄び、散々喘がせていたのに、実は新品。

お互いに初めて同士という恐ろしい事態であることに、思わずララが心配そうな目でアリステアを見上げれば、彼は不敵に微笑んだ。

「大丈夫です。任せてください。私は天才なので」

「…………」

なぜ、彼はいつもそんなにも全てにおいて自信満々なのか。正直意味がわからない。

天才にもそれぞれ得手不得手の分野（ジャンル）があるのではなかろうか。ララは余計に不安になった。

「ま、まあ。そ、それなら安心ね。アリステアにお任せするわ」

動揺して声が上ずってしまう。本当は安心など小指の先ほどもしていないのだが。

「なんせララが石像だった頃から、毎日頭の中で妄想を欠かさずにいましたので、問題ありません」

石像だった時の自分は、本当に彼に一体何をされていたのか。ララはいよいよ不安になった。

長い時間をかけて、身につけていたものすべてを脱がされ、寝台の外へ落とされる。

そして、綺麗に編み込まれていた髪もすべてほどかれ、生まれたままの姿で、再度寝台に沈められた。

アリステアも身につけた衣装を脱いでいく。

明るい中で、彼の均整の取れた体が露わになる。まるで芸術作品のようで、つい触れてみたくなるほどに美しい。

かつて骨と皮しかなかった、あの小さな少年とは思えない。

だが彼が下履きを脱いだ際、下腹に残る、わずかに変色し盛り上がった傷痕が見えて、ララは思わず眉を顰めた。

「……痕、残っちゃったのね」

「……竜を殺して魔障は消えましたよ。この傷は、良いんです。残っても」

むしろ己の愚かさの象徴として残しておきたいのだと。そう言ってアリステアは苦く笑った。

ララは手を伸ばし、その傷痕を指先で辿る。竜に傷付けられ血塗（ちまみ）れだった彼を思い出し、目を瞑る。

それからララは身を起こし、唇を近づけて、ミルクを飲む猫のように、ぺろぺろとその痛みの跡を舐めた。

「……っ！」

濡れた柔らかな感触に、アリステアが小さく息を詰め、そして手を伸ばしララの髪を撫でる。

「……もう、大丈夫なんですよ、ララ」

そんなことはわかっていた。だが、確かにそこに残る何かを癒したかったのだ。

アリステアはララの髪を指で梳（す）く。地肌を滑る彼の指が心地よく、ララはうっとりと目を細めた。

彼の手が頭から華奢な肩、そして背中へと、優しく滑り出す。そして、またララをシーツの海へと沈めた。

アリステアの銀の髪が、さらりと下りてきて、まるで檻（おり）に囚われているようだと思う。

そのまま彼の綺麗な顔が近づいて、ララの唇が塞がれた。

ちゅっちゅと小さな音立てながら、何度も啄まれる。ララは手を伸ばし、彼の頬を包む。

そして、自らも進んで唇を重ねた。驚いたように、アリステアの体がわずかに震える。

すると、ララの希望通り、口付けが一気に深くなる。力を抜き、そのあわいをゆるめれば、容赦無くアリステアの舌が中へと入り込んできた。

勇気を出して、自ら彼の舌に自分の舌を触れさせ、絡めてみる。するとやはり驚いたようで、アリステアがまた小さく体を震わせた。

(はしたないと、思われるかしら)

積極的に動いたことに、わずかに不安になるが、すぐにその舌を吸い上げられ、アリステアの口腔内へと導かれる。

どうやら大丈夫なようだ。むしろ、喜ばれているようだ。

ララはさらに舌を伸ばし、温かなアリステアの中を探る。綺麗に並んだ歯、頬の内側、上顎、喉の奥。

「っ……!」

くすぐったいのか、アリステアが小さく呻いた。思わずララも、籠もった声で笑う。

そのまま互いの境目がわからなくなるほどに、互いの中を探り合う。唾液が混ざり、ぐちゅぐちゅと卑猥(ひわい)な音を立てるが、夢中になっているせいで、それほど気にならなかった。

銀糸を引きながら、ようやく唇が離れた時には、ララの息が上がっていた。

アリステアが照れたように笑う。珍しい彼の表情にララは嬉しくなる。

「……求められている感じがして、嬉しいものですね」

その言葉に、ララは胸を突かれた。言われてみれば確かに、アリステアから求められるばかりで、ララから彼を求めたことは、一度もなかったように思う。

一方的な関係であることを、アリステアはちゃんと自覚していたのだろう。だからこそ、こんなにも喜んでいるのだ。

そんな彼が可愛くてたまらなくなったララは、こみ上げる感情のまま、そっとその首筋に小さく噛み付いた。するとアリステアもララの首筋に噛みつき、そのうなじをなめた。

それから互いに小さく笑い合い、また触れるだけの口付けをして、互いの胸に手のひらをそっと当てる。

手のひらに感じるのは、相手の鼓動だ。その柔らかさに堪え切れなかったのか、すぐにアリステアの手が不埒（ふらち）に動き出す。

自分の乳房を捏ねられ、卑猥にその形が変わる様を、ララはぼうっと見つめる。なぜアリステアに触れられるのは、こんなにも気持ちが良いのだろう。

「んっ！」

やがて彼の指が、敏感なその頂きに触れ、ララは小さな声を上げる。すでにそこは色を増し、固く勃ち上がっている。

アリステアが指の間で挟み、強弱をつけて押しつぶす。そのたびにララは小さく体を跳ねさせた。

「——可愛いですね。こんなに固くさせて」

アリステアはそう言って、ララの乳房を優しく掴むと、堪らないというように、その中心にしゃぶりついた。

固くなった実を舌先で転がされ、押しつぶされ、甘噛みされ。そのたびに腰のあたりに熱が溜まっていく。

ララはあまりの気持ちよさに、はしたなくもアリステアの唇に胸を押し付けてしまう。

すると彼は察したように、もう片方の胸も指先で刺激してくれた。

不思議と全く触れていない下腹部に、脈打つような疼きが生まれる。

じわりじわりと、中から何かが滲み出てくる。

「ん、あ、あああ」

撫でられ、摘まれ、そのたびに甘い声を漏らしてしまう。

次第に下腹部の疼きに耐えられなくなり、腰を揺らし、脚を閉じようとすれば、アリステアが体を割り込ませ、それを妨害してくる。

「下も触ってほしいですか？」

意地悪に聞かれ、己の体の浅ましさに泣きそうになりつつも、ララは素直に頷く。

彼ならばどんなにララがいやらしくとも嫌いになったりはしないという、信頼があった。

「今日は本当に素直ですね」

アリステアは嬉しそうに言って、ララの秘裂にそっと指を這わせて、なぞる。くちゅっと湿った音が小さく響いた。

「おや。外まで溢れてますよ。いやらしいですね」

ララの羞恥心を煽るようにそう言って、指先で蜜口から蜜を掬い取り、その全体に塗りつける。そして、その上部にある小さな神経の塊を、潰すように押し込んだ。

「ひっ！」

突然強い快感を与えられたララが、思わず体を大きくのけぞらせる。だが、アリステアにしっかりと四肢を拘束されていて、逃げることができない。

アリステアは、今度は優しい強さで花芯の表面を撫で回す。ちょうど良い快感に、ララは安心するが、今度は次第に物足りなくなってくる。

つい自ら腰を小さくゆすり、アリステアの指先が強めに当たるように動いてしまった。

それに気づいたアリステアが喉で笑う。そして、希望通りに、その腫れ上がった敏感な突起を指先で摘み上げた。

「あああっ‼」

その瞬間、ララは脚をがくがくと震えさせながら、絶頂に達した。胎内がきゅうっと引き絞られるような感覚に襲われる。そして、二度、三度と身体を跳ねさせた。

「ララは感じやすい身体をしていますね」

またアリステアが意地悪なことを言う。ララは困ったように眉を下げ、少し朦朧(もうろう)とした頭で問い返す。

「……ダメかしら？」

「いいえ、最高です」

どうやら最高らしい。それは良かったとララは胸を撫で下ろした。

ビクビクと震えるララに、アリステアは満足げな顔をして、絶頂の残滓(ざんし)でいまだに脈動を続ける蜜口の中に指を一本ゆっくりと挿し込んだ。

そこはやはりよく濡れていて、さほどの抵抗なくアリステアの指を呑み込む。

「んっ、あ、ああ」

達したことで敏感になっている内側をぐるりと探られ、なぜか妙に息が切れてしまう。やがてその指が滑らかに動くようになると、指をもう一本増やされる。

一気に増えた圧迫感に、思わず眉を顰めればそこに口付けを落とされた。

「ほら、力を抜いてくださいね。ララ。大丈夫ですから」

宥めるように耳元で囁かれ、なんとか意識をして呼吸を整え、強張る体から力を抜く。

ようやく二本目も完全に呑み込めるようになったところで、その指を引き抜かれた。

そして、空虚になったそこに、熱く硬い大きな物の先端が当てられる。

つい視線を下げてそこを見れば、指などとは比べ物にならない大きさのものが、ララの中に入り込もうとしていた。

思わず身を引きそうになるが、しっかりと腰を抱えられていて、逃げることができない。

アリステアにぐっと腰を進められ、蜜口が限界まで押し広げられる。

「ひうっ！」

重い衝撃に、思わず声を上げる。ミシミシと体の内側から音がするような気がした。

「はあ、きつっ……」

アリステアが何かを堪えるように眉を顰める。その眉間にある深い皺に、心配になったララはそっと手を伸ばして触れようとした。

だがその手はその前にアリステアに握られて、寝台の上に縫い付けられてしまう。

そして、アリステアの唇が、ララの唇に降りてくる。優しく触れるだけの口づけから、徐々に口腔内を暴く、激しいものへと。

そして、舌を絡め取られ、そちらに気を取られた瞬間に、一気にパンッと乾いた音を立てて、腰を打ち付けられた。

「――――っ！」

何かが引きちぎられたような、感覚。限界まで広げさせられた股関節に当たる、アリステアの腰。ララは声にならない絶叫を上げ、体をのけぞらせた。

「入り、ましたよ」

まるで万感の思いを込めたような声で、アリステアがララの耳元で囁く。

視界が滲むほど痛かったが、アリステアのその声を聞いた瞬間、ララの心が満たされた。


──これで、少しでも、彼は報われただろうか。


ララは彼の背中に手を伸ばし、必死にすがり付く。

「……痛いですか?」

「……痛いわ」

素直にそう言えば、アリステアは嬉しそうな顔をした。だからなぜそこで喜ぶのか。やはり元弟子は嗜虐性が強い傾向があるのかもしれない。ララは一気に不安になった。

だがアリステアはしばらくそのままで、動かずにいてくれた。その間に、なんとか痛みを逃すべく、ララははくはくと呼吸を整える。

「ああ、ララは本当に可愛い」

アリステアはそう言って、ララの顔や体の色々な場所にゆっくりと口付けを落とした。

だが、堪えきれないのか、時折苦しそうに顔を歪め、ほんの少し腰を揺らす。

ララは、そんな彼が可哀想になってしまった。

すぐに他人を哀れむのは、ララの長所であり短所でもあった。

痛いものは痛いが、耐えきれないというほどでもなかったため、ララは彼の腰に脚を絡める。

「もう、大丈夫よ」

そう言ってララからアリステアの唇にそっと自らの唇を重ねて、痛みを堪えながら彼の腰を脚でぐっと引き寄せた。するとアリステアの目が大きく見開かれ、――そして。

「――っ!」

突然アリステアが息を詰め、小さく体を震わせた。

その震えはララの内側にも伝わり、ヒクヒクと彼が脈動を繰り返すのを感じる。

「……………?」

痛みで滲む視界で、いったい何があったのかとララは首を傾げながら、彼を見上げる。

すると彼は、これまでララが見たことのない、悔しそうな顔をしていた。

「どうしたの?　アリステア?」

「……………いえ。なんでもありません」

明らかになんでもない顔ではない。ふと気がつくと、下腹部の圧迫感が少なくなっていることに気づく。

そこからはじき出された答えに、ララは納得し、考え込む。

国家魔術師の試験には、もちろん医療に関する項目もある。よって、男性の体の仕組みについても、ララは一通り修習していた。

おそらくは、彼にとって実に不本意な形で、射精してしまったのだろう。

これはいけないと、ララは彼を慰めるべく、口を開いた。

「アリステアはきっと、私が痛がったから、早めに終わらせてくれたのでしょう？」

「……………」

慈愛に満ちた作り笑いを浮かべながら、棒読みでララは言う。

我ながら彼のいと高き自尊心を傷つけない、なかなかの援護（フォロー）だと思った。

そう、これはうっかり達してしまったのではなく、アリステアがララを慮って、早めに終わらせてくれたのだ……という形にしてしまえば良いのである。完璧な筋立てだ。

誰しも初めてはあるし、失敗もするものなのだからと、そう一人納得する。

実際のところ、酷い痛みの中にいたララは、内心では早く終わってくれて素直にありがたいと思っていた。

どうせ互いに初めてなのだ。そこまでの品質（クオリティ）を、ララは初心者（アリステア）に求めていない。

そしてララは、自分の身を石に変えたいと思ってしまう程度には、痛いことが嫌いである。

「……本当に毎度毎度、気遣う方向を間違えますよね……ララは」

すると、なにやらひんやりとする声で、アリステアが呟く。

その声に、恐る恐る見上げたアリステアの顔は、微笑みを浮かべていた。

それは、壮絶なまでに美しく――――そして、怖かった。

「ひんっ！」

すると、知らぬ間に力を取り戻したアリステアが、ララの中を押し開いていく。その圧迫感に思わず声をあげてしまった。

「さあ、続きをしましょうか？　ララ」

「ひっ、ま、まだするの？」

「当たり前でしょう？　ララが私の形をしっかり覚えるまで、犯し尽くそうかと」

「ひいっ！」

アリステアの目が、至って本気である。ララは恐怖のあまり悲鳴を上げ震え上がった。

「まあ、うっかりやりすぎて、ララにまた石になられたら困るので。痛みは消してしまいましょうねぇ」

アリステアの手が、自らと繋がっているララの下腹の上へと置かれる。

じわりと温かな感覚が伝わり、痛みが波のように引いていく。

「私が初めての男だってことを思い知らせたかったので、最初はあえて痛みを消しませんでしたが。まずは体から籠絡したいので、やはり気持ち良くなっていただかないと」

どうやらかつてはあまり得意ではなかった治癒魔法も、使いこなすようになったようだ。

元師匠として、それはとても嬉しく誇らしいのだが、その使い方には物申したい。

ララの痛みが完全に治ったところで、アリステアが小さく腰を揺らす。

「んっ⁉　ああ！　や……なんで……？」

これまで痛みでかき消されていた快楽が、一気にララを襲う。ララは思わず声を上げた。

「もともと私たちは魔力の相性も体の相性も良いのでしょう。ほら、ララのここ。私を欲しがって絡みついてきますよ」

意地悪な口調で、アリステアがララを辱める。実際彼が腰をゆるゆると動かすたびに、ぐちゃりぐちゃりと蜜が湧き出して卑猥な音を立てる。

「んんっ！　あ、あああっ！」

慣れない甘い快楽を与えられ、思わずララは大きく背中をそらしてしまう。

自ら、アリステアに向け突き出すようになってしまったララの大きな胸を、アリステアが両手で揉みしだいた。

「や、やだぁ……！　怖い……！」

これまで味わったことのない、迫りくる何かに怯え、ララが幼い声で助けを求める。

彼女のその怯える表情に、アリステアの嗜虐心が満たされたのだろう。

ララの胸の頂きに唇を寄せ、甘噛みをし、吸い上げた。

「ひ、あぁ……！」

するとその快感が胎内にまで伝わって、ララは彼をぎゅうぎゅうに締め付けてしまう。

アリステアは、それに抗うように、深く彼女を穿ち始める。

「ああ、気持ちいいですね、ララ」

「うあ、あああ……！」

激しく体を揺さぶられ、もうララは、言葉にならない声を漏らすことしかできない。

アリステアはララをさらに追い詰めんと、激しく腰を打ちつけながら、繋がりあった場所の少し上にある赤く腫れ上がった小さな敏感な芽を、指の腹で押し潰してやった。

「ああああああっ‼」

ララが高い声をあげ、全身をがくがくと痙攣させながら、また高みに達する。

溜め込まれた快楽が決壊し、アリステアを咥え込んだまま下腹がきゅうっと内側へ締まった。

そして、じわりと全身に広がっていく、甘く、痛痒いような何か。

それでもアリステアは容赦せず、ララを穿ち続ける。

ララは、そのせいでずっと快楽の波に呑まれたまま、嬌声を上げ、体を震えさせることしかできない。

全身が、性感帯になったように熱を持ち、敏感になっていた。

アリステアから送られる魔力に、酔ってしまったのか。

「くっ……」

絶頂から降りてこられないまま、アリステアを逃すまいと激しく締め付け、脈動を続けるララに堪えきれず、とうとう彼もまた彼女を強く掻き抱いて、温かなその奥に劣情を吐き出した。

そしてそのまま、どちらのものかわからない激しい鼓動の中で、強く強く抱きしめ合う。

「う……あ……」

ビクビクと体の痙攣が止まらない。初めての経験に、ララは茫然自失していた。

激しい絶頂の余韻が完全に過ぎ去るまで、そのままで過ごし、ようやく落ち着き始めた呼吸に、絡めた手足を緩める。

ぐったりと寝台に沈み込むララの頬を、アリステアが愛おしげに撫でる。

――だが、なぜかそれでも彼は、自身をララの中から引き抜こうとはしない。

「こ、これで、終わり……よね？」

思わず不安になったララが、恐る恐る聞いてみれば、アリステアはにっこり笑って「まさか」と言った。

（嘘でしょう……！）

ララは内心悲鳴をあげた。お願いだから三十二歳らしく年相応の落ち着きを持ってほしい。主に下半身に。

「待たされ続けた私の想い二十年分。ララには受け入れていただかないと」

ニコニコと機嫌良く笑う、愛しの弟子の顔が本当に怖い。逃げられる気がしない。

確かに彼の気持ちもわかる。この二十年間、さぞかし辛い思いをしてきたのだろう。

だから、彼のその情熱を受け入れたい気持ちは山々なのであるが。

（し、死んじゃう……！）

ララはまた内心悲鳴を上げた。残念ながら、そこには体力的な問題が横たわっていた。

まさか可愛い元弟子が童貞を拗（こじ）らせた挙句、絶倫になってしまうなんて。

時間の流れとは、なんと残酷なのか。

「ほら、しっかりがんばってくださいね？　師匠？」

いやらしく、意地悪そうな顔で言うと、アリステアはララの片脚を持ち上げ、己の肩へと載せてしまう。

そして、また気付けば力を取り戻したアリステアが、ララの中を深く抉る。

「やっ！　待って、あっ！　ああ、ああああーっ！」

そうしてララは、声が嗄れ、体力が尽き、そのまま気絶するように意識を失うまで、ずっと貪られ続けたのであった。

第六章　魔法の口づけ

「んっ……ああっ」

自分の唇から漏れる喘ぎ声で、ララは目を覚ました。

重い目蓋をうっすらと開ければ、もう朝なのだろう。窓から陽の光が差し込んでいる。

そのまま何も考えられずに少しだけ身を起こしてぼうっとしていると、ぐちっという水音とともに、下半身に甘く重い衝撃が走った。

「ひんっ！」

それだけで足から力が抜け、再度シーツの波に身を沈める。

「おや、目が覚めましたか？　おはようございます、ララ」

背後から、ぞわりと全身が粟立ちそうになるほど、しっとりとした極上の声がする。無意識か故意かはわからないが、魔力が混ぜられているのだろう。相変わらずいつまでも聞いていたくなる、不思議な声だ。

「アリステア……？　おはよっん‼」

背後から伸ばされた手に、胸の頂を摘み上げられ、ララは甘い声を上げた。

さらにどうやら、知らぬ間にララの中にアリステアが入りこんでいるようだ。

「寝ているときに襲うのは、どうかと思っ……ああっ！」

必死に抗議するが、背後から腰を打ちつけられ、耳を食まれ、言い切ることができない。

「……動かないララを見ていると、どうしても触って確かめたくなるんですよね。ちゃんと温かいのか、ちゃんと柔らかいのか」

「……んんっ！」

寝込みを襲った言い訳をしながらも、アリステアの手も腰も止まることなく、ララを追い込んでいく。

「触れて、確かめて……そうすると物足りなくなって、止まらなくなってしまうんですよね」

お願いだからそこで止まってほしい。もう三十二歳なのだから下半身にも相応の落ち着きを持ってくれ。ララは喘ぎながら心で泣いた。

「それにしてもララは何をしても起きませんね。こうやって中を深くまで穿ってもなかなか目を覚ましてくれないので、少し傷つきましたよ」

それは単に昨夜も貪り尽くされて、体力の限界だったからである。

つまりは他でもない、アリステアのせいである。

アリステアの城に囚われ、一年近くが経ったというのに、アリステアは相変わらず、飽きる

ことなく毎日のようにララを抱き潰す。どうやら二十年分には、まだ到底及ばないらしい。

ララの脳裏には、たまに腹上死という単語がよぎる。

背後から、奥深くまで貫かれ、繋がれた場所に伸ばされた指の腹で、花芯を押しつぶされて。

「――――っ‼」

声も出せずにララは絶頂に放り投げられる。シーツを強く握りしめ、必死に襲いかかってくる快楽に耐える。

「ふふっ。ララが達すると、中がぎゅっと締まって本当に気持ちがいいですね」

ほんの少し余裕を失った声で、アリステアが耳元で囁く。そしてうつ伏せになったララの腰を高く持ち上げ、猫が伸びるような卑猥な格好をさせると、勢いよく腰を叩きつけた。

「ひっ！　あ、あああっ！」

肌がぶつかる乾いた音と、愛液と昨夜の残滓である精液が攪拌（かくはん）されるいやらしい水音が、ララの耳までを犯していく。

「アリステア……アリス……！　もうだめ……！」

絶頂でヒクつく蜜洞を、アリステアは容赦無く穿つ。こうなるともうララの懇願は届かない。

むしろ嗜虐的な彼は、それを喜ぶだけである。

「ほら、出しますよ。ちゃんと呑み込んでくださいね」

完全に余裕をなくした声で言われ、ララはこくこくと頷いた。もうなんでも良いから、一方的に与え続けられる暴力的な快楽から、逃れたかった。

「――――くっ！」

小さな呻き声(うめごえ)とともに、ララの中にアリステアの欲望が放たれる。

そして何度かゆるゆるとララの中で己のものを扱(しご)くと、上から力尽きたようにアリステアの汗だくの体が落ちてきて、ララを押しつぶすように包み込む。

けれど体重をかけすぎないよう、ちゃんと調整されている。なんだかんだと大切にされているのはわかっているのだ。

一つになったかのようにくっついて、互いの激しい鼓動を聞く。朝からなけなしの体力を使ってしまい、しばらく動けそうにない。

器用で天才なアリステアは、その自負通りにあっという間にララの体を本人以上に知り尽くし、翻弄するようになってしまった。

彼に少し触れられるだけで、ララの体はすぐに期待して濡れそぼってしまう。

すでに快楽堕(お)ち待ったなしであり、このまま本当に彼がいないと生きていけない体にされてしまうのではと、ララは震えている。

「……おはよう、アリステア」

かすれた声で挨拶をすれば、アリステアの腹筋がわずかに震えるのがわかる。笑いを堪えているのだろう。

「あなたは本当にお人好しですね。もっと怒ってもいいんですよ」

「どうせ怒ったって、聞いてくれないくせに」

「まあ、それはそうですけれど」

そしてアリステアの手が、またララの体を這い回る。そこにはもう性的ないやらしさはなく、ララの体力を回復させるための柔らかな魔力が込められている。

回復魔術もすっかりお手の物のようだ。彼の魔力を受けて、ララの体が一気に楽になる。

「でもほどほどにしてちょうだいね……。あまり身の危険を感じるようだと、私、また石になってしまうわ」

冗談めかしてララが言えば、アリステアの手が止まった。

「……それだけは、勘弁してください」

小さな、縋るような声。ララはしまったと口をつぐむ。どうやらこれは禁句のようだ、

「どうしても石にならざるをえないときは、せめて解呪方法を変えてください。もう、待つのは嫌です」

ララが石像となったことは、彼の心の深い傷となっていた。

「たとえばどんな?」

「そうですね……。あなたを愛する男からの口づけとか」

「ふふっ、それって御伽噺みたいね」

しかもその相手は、明らかにアリステアしかいない。案外アリステアは、乙女思考で夢見がちらしい。

もうララは、アリステアからの愛情を疑ってはいなかった。

くるりと体をアリステアの方へむけると、ララは彼の唇に、そっと自らの唇を重ねてやった。

「愛しています、ララ」

繰り返される優しい口付けの合間に、アリステアがいつものように愛の言葉をくれる。

「ありがとうアリステア」

今はまだ、同じ言葉を返せないけれど。確かに心に、少しずつ何かが灯(とも)っていることに、ララは気付いていた。

「さて、そろそろ起きましょうか？　朝食の準備もされているでしょうし」

そう言ってアリステアは床に放り投げられていた自分のガウンを纏うと、鼻歌まじりで扉一つ隔てたララの部屋へと向かう。

体を初めて繋げ合ったあの日以降、ちっとも使われていないララの部屋の衣装部屋(クローゼット)から、ララの下着やドレス、靴下や靴など一式を選び、持ってくる。

そして鼻歌を歌いながら、楽しそうにそれらをララに着付けていく。

側から見れば、大の大人の男が、着せ替え人形で遊んでいるような有様だ。

ララと暮らし始めて、アリステアは侍女長のマリエッタが取り仕切っていたララの衣装の着付けを日々観察し、その技術を盗み、やがてララの身支度まで自らの手で行うようになった。

マリエッタからは侍女の仕事を奪うなと苦言を呈されたようだが、それは、もともとララが石像の頃からの自分の仕事であると主張して、毎日楽しそうにララを着飾らせている。

ララにシュミーズを着せ、コルセットを宛てがうと、紐を丁寧に締め、靴下を履かせ、靴下留めで留め、ペチコートを穿かせ、パニエを何重にも重ね、適度なふくらみを持たせてからドレスを着せ留め具を留める。

それら全てが流れるように無駄のない、素晴らしい動きだ。

貴族女性の衣装の複雑さに、不器用なララはもう自分で身につけることを諦め、アリステアや侍女たちにされるがままである。

今日の衣装は春らしく、若草色のドレスだ。ララの濃い茶色の髪とよく似合っている。

『悔しいのですが、奥様の衣装をお選びするのは、旦那様が一番お上手でいらして』

などとマリエッタがぼやく通り、アリステアは美的感覚（センス）も良かった。

ララの身支度を終えると、アリステアも自らの身支度をする。

今日もアリステアは美しい。どこもかしこも知っているし、そろそろ見慣れても良いのではないかと思うが、やはり彼の姿に見惚れてしまう。

きっちりした形の深い青色のウエストコートとロングコート、そしてトラウザーズを身に纏い、首元にタイを締めた彼は、本当に格好良い。どこから見ても立派な貴族の青年だ。

何かしらの用事がないのであれば、簡易な格好をして過ごしても良い気がするが、この地の領主となった以上、やはりそれなりの見た目を求められるものらしい。

『人間は視覚から多くの情報を読み取ります。みすぼらしい格好をした人間の言うことなど、聞かないものですよ』

だからこそそれなりの地位にいる人間は、それなりの格好をしなくてはいけないのだと言う。

そしてララも、彼の横に立つにふさわしい格好をせねばと、こうして慣れないドレスに身を包み、頑張っているのである。

かつてお姫様のような格好に憧れた時期もあったが、実際それを身につけてみると、あれらの美しい姿がお姫様方のやせ我慢によって保たれていたのだということが、良くわかった。

本当はコルセットをもっと固く締めなくてはいけないらしいが、アリステアがこっそり手心を加えて緩めにしてくれているため、助かっている。

互いの着替えを終えれば、ララはアリステアに手を取られて食堂へと向かう。

「おはようございます、旦那様、奥様」

通りすがりの使用人たちが、満面の笑顔で声をかけてくれる。『奥様』と言う響きにはいまだに慣れないが、ララはすでに名実ともにアリステアの妻になっていた。

アリステアの想いを受け入れると決めたあの日。ララが抱き潰され気絶している間に、アリステアはララを妻とするための全ての手続きを粛々と進め、翌朝ララが目を覚ましたときには、すでに、もう残すところは婚礼衣装を着て彼と神殿で誓いを立てるだけ、という有様だった。

そして領主であるアリステアの号令で急遽、屋敷内どころか領地内にいるお針子たち総出でララとアリステアの婚礼衣装が縫われ、気がついたらつい最近できたばかりだという真新しい神殿の祭壇の前で、ララはアリステアと永遠の愛を誓っていた。

あまりの急展開に、ララの頭は混乱の極みであり、正直なところ未だ実感が湧いていない。アリステアに流されている自覚はあったが、まあ良いか、と流されるままでいる。

なぜなら、彼が幸せそうに、いつも笑っているからだ。

結局のところララは、アリステアが幸せならば、それでいいのだ。

それにララ自身も、夜のお務めこそ体力的にしんどいが、こんな風に他人に大切にされることが初めてで、なんだかんだと幸せを感じている。

二人の結婚は、国にも報告された。

伯爵夫人に相応しくならねば、とも思ったのだが、アリステア曰く所詮は新興貴族にすぎないので、それほど気にする必要はないそうだ。

また、ララは国家魔術師や貴族ではなく、一般人ということになっているらしい。

「あなたが国家魔術師ということで、国王に所有権を主張されてはたまらないので」

やはり元のララは死んだことになっているようだ。その方がアリステアとしては都合が良いのだろう。

国家魔術師になるための努力の日々を思うと惜しい気もするが、そもそもララが国家魔術師を目指した理由は、ルトフェルに憧れ、人々を助けたい、人々の役に立ちたいという思いからだった。

だが、彼女の中にあった漠然としたそれらは、全てアリステアが具現化してくれた。

領地の様々な施設への慰問など、彼の仕事を手伝う日々で、ララの拗らせた博愛主義は、十分満たされていた。

（――こんなに幸せで、いいのかしら）

時々、そんなことを思ってしまう。

不幸慣れしているせいで、幸せな自分が信じられないのだ。

抱き上げて運ぼうというアリステアの提案を断り、彼に手を引かれながらララは力の入らぬ足を叱咤しつつ、食堂へと向かった。

そしていつものように夫と二人、談笑しながら朝食をとっていると、家令が血相を変えた様子で、一通の書状を持ってきた。

「旦那様、国王陛下から書状が届いております」

封筒に押された封蠟(ふうろう)は、獅子(しし)の紋章。それが国王からの書状であることを示していることを、元国家魔術師であるララも知っていた。

アリステアは面倒そうにしつつも、朝食を摂(と)る手を止めて、書状を受け取り、全てを読み終えてから、忌々しげに小さく舌打ちをした。

「……こら、お行儀が悪いわ。どうしたの？」

「今年こそは絶対に王都に顔を出せと。面倒だな」

そういえば間も無く来る初夏は社交の季節だ。おそらく各地方から領主たちが集まって、社交に勤しむことだろう。

そして、国王への挨拶もしなければならない。

「馬鹿馬鹿しいが、一応は顔を出さなきゃいけないな。その旨返事を出しておいてくれ」

「かしこまりました」

アリステアは執事に指示を出すと、ため息を吐いた。ここは一応ファルコーネ王国のガーディナー伯爵領、ということになっている。国に税金を納め支配を受けている立場だ。

そして彼は、領地の整備と魔物たちからの防衛を理由に、ずっと国王への挨拶や社交をさぼり続けているようだ。

一応は伯爵位にありながら、アリステアの舐め切ったその態度に、流石の国王も業を煮やし、この度呼びつけた、という顛末らしい。

「これまでどんなにサボってても国王自身は何も言ってこなかったくせに。不可解ですね。何か魂胆でもあるのか」

苦々しい声で言うアリステアの声からは、国王への敬意は全く感じられない。

そもそも師匠であったララに対しても、あまり敬意を持った様子はなかったが。

ララにとって、国家魔術師であった頃、国王陛下というのは、雲の上のお方という感覚だった。だがこれまた傲慢なアリステアにとっては、国王もまた面倒な中年男くらいの感覚なのだろう。

「でも、流石に今回は王都に行かなくちゃいけないのでしょう？」

「ええ。仕方がないですね。今となっては、国に従属していても旨味がないんですけれどね。いっそのこともう独立してしまった方が楽で」

何やらアリステアが不穏なことを言い出したので、ララは何も聞かなかったことにした。今日も夫は我が道を行っている。

「一応は、伯爵で国家魔術師ということになっているのだから、仕方がないわ」

ララが慰めると、アリステアは肩を竦めた。

「まあ、この地に私が張り巡らせた結界も強固になっていますし、竜種などが襲いかかってこない限りは、私がこの地を離れても問題ないと思いますが」

竜種はそもそもの個体数が非常に少ない。よって、そうそうお目にかかれる存在ではない。ならばそこまでの心配はないだろうと、アリステアは判断したようだ。

「私も行った方がいいかしら？」

「……いいえ、あなたがかつての国家魔術師ララ・ブラッドリーであることを知られたくないるのだが。

社交は本来夫婦揃って行うものだ。結婚した以上、ララも彼の横に立たねばならない気がす
「妻を帯同しなくても良いの？」

ので、申し訳ございませんが、ここで待っていてはいただけませんか？」

「ええ。腐った連中の前に、そしてなによりもルトフェル様の前に、あなたを連れて行きたく
ないですし」

確かにルトフェルは身分の差を感じさせない気さくな男だが、もともとは子爵家の出身だ。

社交の場で会うこともあるのだろうが。

いまだにアリステアがララの初恋のことを根に持っているようで、ララは少々うんざりする。

アリステアが三十二歳であるということは、ルトフェルはすでに六十代近いということで、
流石にララの恋愛対象にはならない……はずなのだが。

(でも六十歳のルトフェル様は……ちょっと見てみたいかも)

などとうっかり考えてしまったことが、表情からアリステアに筒抜けだったようだ。

「言っておきますが、連れて行きませんよ」

「ひゃいっ」

冷たい声で、冷たい目で言われ、ララの背筋がピンと伸びた。

「ただの好奇心です……」

「そうですか。ちなみにルトフェル様は昨年国家魔術師を引退され、今は孫に夢中のおじいさんですよ」

「お会いしたいです……」

「ダメです」

ぴしゃりと言った夫の目が怖い。どうやら彼は、ララが男は年上であれば年上であるほど良い、枯れた男好きだと思っている節がある。

流石にそんなことはないのだが、きっとアリステアが心配するくらいに、ルトフェルは良い歳の取り方をしているのだろう。そんなことを想像したら余計に見てみたくなるのだが。

これ以上言うと今夜寝かせてもらえなくなる可能性が高い。身の危険を感じたララは大人しく黙ることにした。

「でもそんなに十年以上もさぼり続けていて、大丈夫だったの？」

「実際王都に行けるような余裕は、これまでなかったんですよ。最近になって新しく張り直した結界がようやく安定したので、少し楽になりましたが。まあ、行けば色々言われるでしょうし、無理難題を押し付けられるかもしれませんね。ですが面倒になったら、王宮の壁の一枚でも適当にぶち抜けば、大人しくなると思うので」

「アリステア、あなたそういうところ、全然成長していないわね……」

相変わらず暴力で解決する気満々である。

かつての胃痛の日々を思い出し、ララがうんざりした顔をすれば、アリステアはおかしそうに声を上げて笑った。

「――ご心配なく。私は世界最強の魔術師ですから」


それから半月後、アリステアは王都に向かって旅立った。

「それでは行ってまいります。良い子にしていてくださいね？」

「もちろんよ」

一体アリステアはララを何歳だと思っているのか。

だが彼が王都へ行くということで、久しぶりの自由に、ララは少々浮かれていた。

「……なんでそんな嬉しそうなんです？　ララ？」

「あらいやだわ。そんなことはないわ。あなたがいなくて寂しいわ」

じとりと胡乱な目でアリステアがララを見る。ララは慌てて寂しげな顔を作った。

さすがに夫元気で留守がいいなどと、思ってはいない。少ししか。

「十日ほどで戻ります。それまで、極力外出はしないように」

「み、短くない？」

本来社交のシーズンは一ヶ月以上続くはずである。ここから王都まで三日はかかることを考えると、アリステアは王都に三、四日しか滞在しないということになる。

すべてを必要最低限で終わらせる気だろう。果たしてそれでいいのだろうか。

そして、つまりはララの自由期間も、また十日で終了してしまうということである。

「――何か問題でも？」

「いえ、お早いお帰りをお待ちしておりますわ。旦那様」

ララは笑顔を浮かべて、誤魔化した。初めて使ったその響きに、アリステアが少し動揺して頬を赤らめ、ララを強く抱きしめると、その顔中に口付けを落とす。

どうやら、アリステアの機嫌取り作戦は成功したらしい。

それから名残惜しげに何度も何度もこちらを振り向きつつ、アリステアは旅立って行った。

そしてアリステアが留守の間、彼の望み通りララが大人しくしていたかといえば、もちろんそんなことはなく。

侍女長のマリエッタを伴って、城近辺の施設を視察して回っていた。

もちろん使用人たちには、しっかりと口止めしている。

主人は基本人格者であり尊敬しているものの、妻に対する執着が異常であることは使用人たちにも分かっているようだ。

このままではララの息が詰まってしまうのではないかと、彼らは心配してくれていたらしい。

ここで過ごした一年間で、ララはこの城のみんなが大好きになっていた。

特にいつもララの面倒をみてくれるマリエッタは、ちょうど母と同じくらいの年齢で、ララは良く懐いていた。

毎日充実した日々を送っていたが、それでもアリステアが旅立って五日ほどで、ララは徐々に寂しくなってきてしまった。

なんだかんだ言ってこの数年間、小さなアリステアも含めて、こんなにも長い期間、彼と離れたことがなかったのだ。

石像であった頃は意識もなかったので、離れている感覚はなかった。だから、特にそう感じるのかもしれない。

朝目覚めた時に、彼の体温がそばにないのが寂しい。声が聞けないことが寂しい。

彼を思えば、胸がきゅうっと締め付けられた。

どうやらすっかり、彼の思惑通りに、ララはアリステアがそばにいないとダメになってしまったらしい。

彼に会いたくてたまらない。声を聞きたい。この身に触れてほしい。

(——ああ、やっぱり、とっくに恋だったんだわ)

ララは、しっかりと自覚する。

彼のいない十日を短いと思っていたのに、今では酷く長く感じる。

こんな思いを、自分はアリステアに二十年もさせていたのだ。そのことを思い知る。

なんとか彼のことを考える時間を減らそうと、ララは忙しく過ごすことにした。

そして、城近辺だけではなく、もっと遠くまでアリステアの作ったこの場所を、視察しに行くことにしたのだ。ララには己もまた魔術師であるという過信もあった。

――――そこで、人並外れた間の悪さを発揮するなど、思いもせずに。


「本当に凄いのね……」

そして遠出をしてみれば、石像から人間に戻って最初にたどり着いた村と同じように、どこに行っても、アリステアは変わらず敬愛されていた。

領主の妻として、ララもまた、どこに行っても歓迎された。

移動の馬車の中で、思わずララが感嘆のため息を吐けば、マリエッタは誇らしげに笑った。

「ええ、アリステア様は素晴らしいお方ですから」

マリエッタは元々王都において、とある貴族のお屋敷に使用人として夫婦で勤めていたそうだが、ある日夫が屋敷のものを盗んだと、窃盗の罪で捕らえられたのだという。

「職をなくし、夫は投獄された上でまともな裁判もされずに処刑され、子供たちを抱えてどうにもならなくなった時に、ここの話を聞いて。どうせ死ぬならばと、この地に移住したのですわ」

そんな彼女を、アリステアは自分の世話役として雇ってくれた。

自分には貴族の生活はわからないから、経験者がいると助かると言って。

「……だからでしょうか。ついアリステア様を我が子のように心配してしまうのです」

マリエッタが出会った頃のアリステアは、死んだ魚のような目をしていた。

そしてただ、この領地を発展させるため、働き続けていた。

食事や睡眠を忘れてしまうことも少なくない。魔物を討伐しに行って、返り血で血塗れで帰ってくることも多かった。マリエッタは何度も悲鳴を上げたという。

「それでも石像様……ララ様のそばにいらっしゃる時だけは、気をお休めになり、愛おしげに表情を緩ませておられました」

石像に恋をするなど不毛だ。だが、アリステアの側に仕えていた者たちは、ただ彼を見守り続けた。

まるで何かに取り憑かれたかのような、アリステアの無私な領地経営により、ガーディナー領は目覚ましい発展を遂げ、今、こうして国有数の豊かな場所になった。

「この地が発展を遂げるたびに、私たちは不安でした。もし何もすることがなくなったら、アリステア様は、どうなってしまうのだろうと」

どれほどこの地が豊かになっても、相変わらず、アリステアからは生気を感じなかった。

死ぬことができないから生きているだけの、そんな空虚な存在。

「ですから私たちは、奥様がいらしてくださって、本当に救われたのです」

マリエッタの話に、ララは思わず涙をこぼした。

アリステアが、こうして皆に大切に想われていることに、心底安堵したのだ。

かつて、いつかひとりになってしまうのではないかと、ララがあれほど心配したアリステアは、ちゃんと皆に愛されて、独り立ちしていた。そのことが、嬉しい。

そして、今日の目的地であった村に着く。最近では、アリステアの膝下である街から遠く離れた、結界内すれすれの場所にも村が作られ、新たな鉱山を探すための基地になっている。

アリステアが新たに施した結界は、領地内にいくつか中継地点を作ることで、王都の結界とは違い、このガーディナー領全体を完全に覆うように張り巡らされている。そのため、危険はなく、人が住んでも問題ないと判断されたのだ。

ララがいつものように村人たちに歓迎され、村の中を案内されていた、その時。

「魔物だ……！」

村の哨戒塔（しょうかいとう）から叫び声がした。ララは驚き、目を見開く。

（どうして？　アリステアの結界の中にいるはずなのに……！）

──それをものともせずにこの地に入ってこられるような魔物など、一種しかいない。

「なんだ！　あのでかい蜥蜴（とかげ）……！」

哨戒兵のその声に、ララの全身が粟立つ。──間違いなく、竜だ。

「なんで、なんでこんなところに……！」

　早くなんとかしなければ。この村に竜が入り込めば、間違いなくここの村人は食い尽くされることになる。

　アリステアがいない時に、彼が命をかけて作り上げたこの場所を、傷つけさせるわけにはいかない。

「マリエッタ。あなたは村人たちを連れて避難してちょうだい。ここは私がなんとかするわ！」

「そ、そんな！　奥様……！」

　マリエッタは真っ青な顔をして、拒否するように首を横に振りながらララに縋る。ララは安心させるように、彼女に笑いかけた。

「これでも私、優秀な国家魔術師だったのよ。アリステアほどではないけれど、あなたたちよりもずっと強いの。安心してちょうだい」

　少し……いやかなり話を盛りつつ、ララは彼女を説得する。

　アリステアの結界といえど、さすがに竜種を防ぐことはできない。何とか領地の外に誘き出さなければ。

「竜は今、どうしていますか！」

　村の端にある哨戒塔にいる兵士に、ララが声をかけた。すると彼は大声で返してくれる。

「竜はどうやら、黒衣を纏った人間を追いかけている模様で……」

他にも人間たちはいるようだが、彼らには目もくれず、竜はただひたすら一人の黒衣の人間を追いかけているらしい。

「おそらくは、魔障持ちを追いかけているのね……」

黒衣、ということは魔術師であろうか。おそらく討伐の最中に魔障をつけられてしまったのだろう。

竜に一度獲物と認定されると、執拗に追いかけられることになる。

かつてアリステアは自らに残された魔障を利用してララを呑み込んだ竜を誘き出し、討伐したのだと聞いた。

ララは馬車から馬を一頭外すと、その背にひらりと乗る。

国家魔術師の試験には、乗馬の科目もある。

ルトフェルがかつて教えてくれた通りに、ララは太腿に力を入れて、馬頭を巡らせる。

「竜は目についたものをなんでも食べてしまうわ！　あなたたちは自分の命を守ることだけを最優先に考えて動きなさい。私は私のできることをします！」

村人たちに言い放ち、ララは竜のいる方向へ向かって馬を走らせた。

近づくたびに、本能的な恐怖で体が震える。とうとう馬が怯えて走らなくなると、ララは馬を降り、その尻を叩いてやる。

「そりゃ、あなたも死にたくないわよね。逃げなさい。ありがとう」

馬が竜と逆の方向へと逃げていくのを見送ると、ララはまたひとり、竜がいる方へと足を動かす。

やがて地響きのような竜の足音が聞こえてきた。そして、その前で逃げ惑う、人間の気配も。

「助けてくれ……！　嫌だ！　死にたくない……！」

竜に追いかけられながら、逃げ惑っている男の涙と鼻水塗れの顔に、見覚えがあった。

（――彼は、確か）

随分と大人になってしまっているが、かつて、王宮でアリステアに足蹴にされていた少年だった。

袖が引きちぎられ、剥き出しになった彼の二の腕には、酷い傷と竜の獲物である印である黒い痣があった。

「こんなの聞いていない……！　助けてくれるって言っていたのに……！」

おそらく彼は、竜をおびき寄せるための餌なのだろう。そして、最初から捨て駒だったのだ。

魔力持ちであり、魔障持ち。それは竜にとって最上級の餌だろう。

それはかつてアリステアがララを呑み込んだ竜をおびき寄せるために使った手法と、ほぼ同じ。

（一体なぜ……？）

アリステアがいないうちに、この領地を荒らそうとでも思ったのか。

必死に逃げ惑う彼を、助けなければと思いながらも、ララの足は動かなかった。

（——死にたくない。生きたい。だってアリステアがまた泣いてしまうもの）

アリステアに再会する前であったなら、命を顧みず飛び出していたのかもしれない。

息をひそめ、蹲り、耳を塞ぐ。ララには目の前の彼以上に、守りたいものがあった。

（ごめんなさい……！）

選択するということ。それは確かにララの恋の証明でもあった。

塞いだ耳ごしにも聞こえる悲鳴。そして、何かが噛み砕かれる音。

（お願い、このままここから出て行って……！）

付け狙っている魔障持ちを食べたのなら、大人しく領地から出ていってくれたらいい。

ララのそんな切実な願いは、彼を食べ終えた竜が人間の気配を感じ、村の方向へと首を巡らせたことで、打ち砕かれた。

このままでは、近辺の領民が食い荒らされてしまう。アリステアが大切に守っている人々が。

そしてアリステアを大切に思ってくれる人々が。

ララは全身に己の魔力を巡らせる。石像から人間に戻ってはじめて。

（——私が、やらなくちゃ）

——この地の領主の妻として、魔術師として。

なんとかこの竜を、人のいない場所へ、アリステアの結界の外へと、追い払わなければならない。

結界内は、竜であってもそれなりに不快に感じるようにできている。

よって、ここに魔障持ちさえいなければ、この竜も無理をしてまで、結界内に入り込もうとはしないはずだ。

あの時のように、ララは足元の小枝を拾い集めた。

その小枝に魔力を凝縮させ、竜の鱗をも貫く針を作り出す。

「行って……！」

そしてそれらを、一斉に竜に向けて放った。

それらは吸い込まれるように、竜に突き刺さる。どうやら魔力制御の腕はそれほど落ちてはいないようだ。

チクチクとした不快な痛みに竜は身を悶(もだ)えさせ、その発生源であるララの方向へと首を向けた。

かつての古竜より些か若い。背鰭の数は五枚だからおそらく五十歳くらいの竜だろう。

竜の意識が自分へと向いたのを確認すると、ララは走り出した。

かつてと同じように、竜の足元をぬかるみに変えてやったり、木を倒して道を塞いだりと、小手先の魔術で竜を翻弄する。

長きに亘る引きこもり生活で、やはり少し体力が落ちていたのだろう。走っているうちに、喉から血の味がした。

（もう少し、もう少しよ……！）

アリステアの結界の外に、この竜をおびき寄せられるまで。

そして、体力の限界ぎりぎりのところで、竜とともに、とうとうララは結界の外へ出た。

安堵のあまり足がもつれ、べシャリと地面に転げる。

竜が残忍な顔をして、動けなくなったララへと迫ってくる。

「……まさか希少種の竜に二回も追いかけられるなんて、なかなか濃い人生を送っているわね。私」

思わず自嘲する。自分のこの間の悪さは世界一かもしれない。――さて、どうしようか。

この竜の残りの寿命は、五十年ほどだろう。

つまり、前回と同じように石像となって時限魔術で五十年以上眠っても、日覚めた時に、アリステアが生きている可能性は低い。

（――ああ、またあの子に、寂しい思いをさせちゃうわね）

きっと怒られることだろう。――どうして、と。

（でもごめんなさい、アリス。やっぱり私はこんな風にしか生きられないの）

自分以外にいなかった。そして、他に方法はなかった。だから、やるしかなかったのだ。

迫りくる竜の顎（あぎと）を前に、ララはまたあの時のように、祈るように手を組み、地に跪く。

けれどララは前回よりも、随分と心が楽だった。自分がいなくても、きっと大丈夫だ。

（――あの子にはもう、私だけじゃないもの。きっと、みんなが支えてくれる）

そして、体が急激に冷えていくのを感じながら、ララの意識は途絶えた。

「よう、元気そうだな」

背後から知った声が聞こえ、一瞬無視しようとも思ったが、それなりに世話になったことも思い出し、アリステアは渋々ながらも立ち止まり、振り返った。

「お久しぶりです。ルトフェル様」

多少棒読みになったものの、失礼のない範囲でアリステアは挨拶をする。

そこには、かつての師であり、恋敵でもあるルトフェルがいた。

六十を間近にして、刻まれた皺はあれど相変わらず若々しく、さらに渋みが加わってなんとも魅力的だ。白いものが混ざり始めた赤い髪すら、きれいに整えられているために、清潔感があって、いまだに渋くて素敵と若い女性から人気が高い。

（……絶対にララと会わせたくないな）

なんせララは、年上の男が好きなのだ。

かつて十二歳も年下だった自分が、大きく立ち塞がったその壁に、どれほど悔しい思いをしたことか。

「なんだよ、ララを連れてこなかったのか？」

「こんなところに、連れて来られるわけがないでしょう？」

王都に到着してみれば、アリステアに襲いかかったのは、彼の命を狙う刺客の雨嵐だった。

アリステアには後継がいないため、彼の死後いずれはあの豊かなガーディナー領を接収できると思っていた国は、突然アリステアがララと結婚したことで、慌てて彼を殺すことにしたのだろう。

他の領主たちにしてもそうだ。消耗品のように扱っていた領民たちが、楽園であるとの噂を聞き付け、アリステアの領地へとどんどん移住してしまう。

今やアリステアは、国や周囲の領主たちにとって目障りな存在となっていた。

（――――本当に、くだらないな）

負けずと自らの領地を発展させることを考えるのではなく、まずは抜きんでた相手を引きずりおろすことを考える。

人間というものは、本当に愚かしいと思う。ララさえいなければ、アリステアは人間を憎み、滅ぼすことを考えてしまっていただろう。

「色々と大変だったんですよ。これでも」

初日から数十人の国家魔術師に囲まれ、攻撃魔術を仕掛けられたが、全て跳ね返して半殺しにしてやった。

その後、開かれた会食で出された料理には全て致死量の毒が入っていた。もちろん解毒してきれいに食べてやった。

その後も爆発物を仕掛けられたり、身の回りの世話をする侍女から刃物を突き立てられそうになったりと、大変楽しい時間を過ごさせてもらった。

そして、そのまま健康そのものの姿で国王に会いに行ってやったら、王は化け物を見るような目でアリステアを見つめ、ガタガタと震えていた。

これで、少しは懲りるといいのだが。

「あのうっかりしたララでは、あっさり暗殺される可能性が高いですからね」

「そうだろうなあ。あの子は人を疑うことを知らないから」

「もしララが暗殺されたら、私はこの国を焦土に変えてしまうでしょうし」

「そうだろうなあ。お前はララのためならなんでもするから」

かつてララのお人好しぶりに散々振り回された二人は、困ったようにため息を吐いた。

「それにしても、結婚おめでとう」

「ありがとうございます。幸せです。なので、あなたの出る幕はもうないです」

「本当に余裕がないな、お前」

相変わらずのアリステアに、ルトフェルはくつくつと喉で笑う。

彼のその余裕こそが、アリステアは非常に気に食わないのだ。

三十二にもなって、いまだにララに関してだけは、何一つ余裕を持てない自分がひどく情けない。ララは余裕ある大人の男が好きだというのに。

――そう、目の前のルトフェルのような。

結婚をした。体も繋げた。毎日が幸せで。だが相変わらず、ララの心だけは手に入らない。

「いやあ、『お願い。ララをルーおじ様のお嫁さんにして？』と言った小さい頃のララは、この世のものとは思えないくらいに可愛かったなあ」

「……………殺していいですか？」

このおっさん死にたいのかな、とアリステアは思った。そんな素敵な言葉、夫である自分ですら言われたことがないというのに。

せめて十年くらい早く生まれていたら、もっと簡単にララの恋愛対象になれたのだろうか。

「どうだー。羨ましいだろう？　まあ、それはともかく。お前、これからどうするんだ？」

「ええ、ぶっ殺したいくらい羨ましいです。これで国王への挨拶は終わりましたし、義務は果たしましたから、今日はひとまず家に帰ります」

「天下のガーディナー伯爵家の王都別邸が、あの小さな郊外のボロ家とは誰も思わないだろうな」

「一応あれでも改装したんですよ。水回りとか」

結局アリステアはララと共に暮らしたあの小さな家を買い上げて、いまだに人を雇い管理させている。

そしてこれまで社交を放置していたので、伯爵である彼の王都における拠点は、あの小さなボロ家だけである。

十数年ぶりに帰ったそこは、やはり相変わらず小さくて古くて、そして幸せな記憶に溢れていた。

今でも時折あの家を懐かしむララを、いつか、連れてきてやりたい。

「領地経営の方も頑張っているみたいだな。今じゃ我が国の楽園とか言われてるんだろう?」

「優秀な部下もいますし、まあ、なんとか」

「かー！　お前からそんな言葉を聞くとは思わなかったな！　いやあ、成長したね！　アリスちゃん！　明日には、もう領地に帰るのか?」

「誰がアリスちゃんですか気持ち悪い。明日にはこの王都を発つつもりです。——それで」

アリステアは、言葉を切り、ルトフェルににっこりと嫌味ったらしく笑いかけてやる、

「――ルトフェル様も私を殺しにきたんですか？」

アリステアと対等にやりあえる魔術師は、もうこの国にはいない。

僅かながら可能性があるとすれば、目の前のこの老年の男だけだ。

「いやあ？　頼まれたけど断ったよ？　なんせもう引退して久しいし、死にたくないし」

「ああ、それはよかったです。あなたのことは嫌いですが、殺すのはなんだか心苦しいので」

彼にはそれなりに感謝することもあったのだ。ララ関連以外では。

「怖い怖い。こんな老人を脅さないでくれよ」

「ルトフェル様もご老体に鞭打って、大変ですね」

あははは、と乾いた声で笑い合う。

「まったくだ。面倒なことになったら、一族総出でお前の領地に逃げるから、よろしく」

「ララに近づかないのなら、歓迎しますよ」

「相変わらず心が狭いなぁ……」

ルトフェルが肩を竦め、そして小声で言った。

「――多分、これだけじゃ済まないぞ。連中、まだ他にも何か企んでやがる」

「わかっていますよ。本当に馬鹿が多くて困りますね。……ん？」

――その時、アリステアの眉間にくっきりと皺が寄る。

「……どういうことだ？」

今にも人を殺しそうな顔で、アリステアが呟く。

「アリス？　いきなりどうした？　っておい！」

ルトフェルの質問に答えず、アリステアは彼をその場に残して、すぐに厩舎へとひた走る。

（――なぜ、ララが私の結界の外に出ているんだ？）

ララがアリステアがいないことを良いことに、領地内をふらふらと出歩いていることは知っていた。

ララの足首の足環には、彼女の位置情報を発信する魔術がかけられている。それが、アリステアに常にララの居場所を教えるからだ。

あれだけ城を出るなと言ったのに、全くアリステアの言葉を聞かないララに、アリステアは帰ったらどうしてくれようかとあれこれ考えていたのだが。

その鎖が、ララが今、アリステアの作った結界の外にいることを示していた。

――そこは、魔物の生息地。人の住めない世界。

（くそっ！　本当に何があったんだ？）

厩舎から自分の馬を引き出し、アリステアは領地へ向かって走り始めた。

本来三日はかかる行程を、途中で馬を替えながら半分程度の時間で自らの城へとたどり着くと、そこは葬式のような有様だった。

ララがここに暮らすようになって、随分雰囲気が明るくなっていたのに、今は重苦しい雰囲気に包まれている。

　使用人たちは、その全員が沈痛な面持ちをしていた。

　ララの位置は相変わらず結界の外。この城のどこにもいないことは、わかっていた。

「一体……何があった？」

　アリステアが茫然と口にすれば、家令が滂沱の涙を流しながら、事情を説明した。

　ララがマリエッタを連れて、結界沿いの村の視察へ行ったこと。そこへ突然竜が現れ、領民たちをかばい、ララが竜を結界の外へとおびき寄せたこと。

『その後、竜が結界内に戻ることはなく、村人たちに周辺を探させておりますが、ララ様の行方は未だわからず……』

　それを聞いたアリステアは、すぐにまた城を飛び出すと、金の鎖が示す、ララの居場所へと向かった。

　――そこは結界の外。魔物たちの住処。

　襲いかかってくる魔物たちをひたすらに屠りながら、たどり着いたその場所に、一匹の竜がいた。

　かつて殺した竜よりも、若い。そしてその腹の中から、アリステアの魔力反応があった。

　初めてララに贈った魔石は、竜の胃袋の中で溶け消えたため、今回の金鎖はかなり強度を高めていた。

そのおかげで、たとえ竜の腹の中でも、ここにララがいることをアリステアに教えてくれる。

「――私の妻を喰らったのは、お前か」

怒りから、アリステアの銀の髪が帯びた魔力で逆立つ。地上で最強の生物であるはずの竜が、それに怯え、後退る。

「――ならば、死ね」

そしてアリステアは数え切れないほどの魔力の槍を空中に作り上げると、竜の腹以外の場所に一気に打ち込んだ。

原形を留めない程に破壊し尽くされた竜が、大きな地響きとともに、地面に横倒しで倒れる。

アリステアはその竜だったものに近づくと、無表情のままその腹を、魔力で作り上げた刃で大きく切り裂いた。

血を吹き出すその裂け目の中へ、手を突っ込んで魔力をたよりに必死で探る。そして、ようやく指先に触れた硬いものを、力一杯掴んで外へと引き出した。

「………ララ」

思わず乾いた声が漏れた。竜の血に塗れ、硬く、冷たくなってしまった愛しい妻が、そこにいた。

彼女は前回と同じく、神に祈るような姿勢で、石になっていた。

服や靴は全て竜の腹の中で溶け落ちて、アリステアが贈った金鎖だけが足首に残っている。

——けれど、ひとつ違うのは。

その口元に、慈愛に満ちた微笑みを浮かべていることだった。

「…………なぜ」

「——あなたは、本当に残酷な人ですね」

アリステアの両目から、久しぶりに涙がこぼれた。胸が詰まり呼吸が苦しい。

「あなたさえいなければ、私はこの世界を、人間を、憎むことができるのに」

石像になったララを外套で包み、アリステアは力無く歩き始めた。

村に着けば、石像になってしまったララを見て、マリエッタが地面に泣き伏した。

ひたすら謝りながら地面に額を擦り付ける彼女に、アリステアはそれ以上何も言うことはできず、ララを抱きしめたまま、城へと戻った。

部屋に戻り風呂場で血塗れのララをきれいに磨く。かつて数え切れないくらい繰り返した行為であり、慣れたものだ。

「ねえ、ララ……。なんで笑ってるんです……？」

何がおかしくて、そんな風に笑っているのか。

思わず恨み言が、口から漏れた。領民など見捨てて、逃げてしまえばよかったのに。

ああ、それよりも、王都へ一緒に連れて行って、自分の手元で守ればよかった。

アリステアの悔恨はいつまでも尽きない。

かつて、ララは竜の残りの寿命に合わせ、二十年眠りについた。

今度の竜は若く、残りの寿命は後五十年ほどあったはずだ。

――つまり、ララは、もう五十年は目を覚まさないということで。

そして、そのときおそらくアリステアは、この世界にいない。

アリステアはララの石像に縋り付き、そのままずるずると床に崩れ落ちた。

ああ、彼女の温もりも、柔らかさも。

何も知らなければ、今まで通り、耐えることができたかもしれないのに。

生きたララと共に過ごしたこの一年が、あまりにも幸せすぎて。

これから先、今まで待っていたさらに倍以上の時間を、耐え切れる自信がアリステアにはなかった。

「本当に、残酷だ……」

だが、それでもきっと自分は、いつか彼女が目覚めた時のために、足掻くのだろう。

彼女の頬にそっと触れる。冷たくて硬い感触が、アリステアの心を締め付ける。必死で彼女の温もりと柔らかさを思い出しながら、そっと撫でる。

そして、その微笑みを浮かべたままの唇に、自らの唇をそっと重ねた。

――それから冷たいままの唇に絶望し、その場に頽（くずお）れて、慟哭する。

「愛してる、愛してるんだ……。ララ。頼む、何か言ってくれ……」

妻の名前と、愛の言葉を吐き出しながら。

そして、どれほどの間、泣き続けたのか。ふと、頭上から幻聴が聞こえた。


「――――あら。そんなに泣いて。どうしたの？　私の可愛いアリス」


それは愛しい妻の声だった。年齢のわりに高くて少し鼻にかかる、甘ったるい声。

まさか、と思う。それともとうとう絶望に、頭がイカれてしまったのか。

恐る恐る顔を上げてみれば、そこには、いつも通りのララがいた。

「ところでアリステア。何か着るものをくれないかしら？　ちょっと寒いわ」

季節は初夏だ。この国の初夏は、裸で過ごせるほどには暑くない。小さく体を震わせて、ララは唇を尖らせる。

そしてしゃがみ込んで、アリステアと視線を合わせて笑った。

「…………」

まだ現実のこととは思えず、彼女へと伸ばした指が、震える。

先ほどと同じように、ララの頬をそっと撫でる。指の腹に、間違いなくララの体温を感じ、思わず弾かれたように手を引いてしまう。

ララはそんなアリステアを、不思議そうに見やる。

「どうして……？」

思わず漏れたのは、疑問だった。なぜ突然彼女の石化が解けたのか。

するとララはまた少しだけ拗ねたように、唇を尖らせた。

「だって、あなたが言ったんじゃないの。今度石化するときは、もっと違う解呪方法にしてくれって」

「…………！」

確かに自分は言った。体を繋げた寝台の上で。もう、待たせるのはやめてくれと。

ララはその彼の言葉を守り、今回の石化の解除条件は、アリステアの魔力をその身に受けるまでとしたのだという。

「あなたのことだから、どうせ石像の私に色々とするだろうと思って」

「言葉もありません……」

その自覚はあった。確かにアリステアは、かつて石像だったララに本人には到底言えないようなことを色々としていた。

だが、ララのその解呪条件には大きなリスクがある。

『それでは、私が生きている間に、あなたを取り返せなかったらどうするつもりだったんです？」

その可能性は大いにあった。アリステアが位置情報を発信する金鎖をララにつけていなかったら、彼女を呑み込んだ竜を見つけることは難しかっただろう。

そもそもアリステアが彼女の生存を諦めてしまっていたら、ララはずっと石のままで。

すると、ララは少し困ったような顔をする。

「あのね、それでもいいと思ったの」

ララの頬が、随分と赤くなっている。

『アリステアのいない世界なら、もう目覚めないで、石像のままでもいいかなって」

何を言われているのか、わからない。アリステアはぼうっとした目で首を傾げ、ララを不思議そうに見つめる。

本来の賢いアリステアなら、ララが言いたいことがすぐにわかりそうなものだが、あまりにも片思いの期間が長すぎて、想いは返してもらえないものと思い込んでいた。

そのためアリステアは、ララに関してのみ非常に鈍かった。

「ええと……その……つまりは……」

アリステアが察してくれないために、ララがしどろもどろになっている。そんな彼女もとても可愛いと思う。

そして、とうとう覚悟を決めたのか、顔女は顔上げて、真っ直ぐにアリステアを見た。

『私、アリステアのことを、愛しているの」

言い切ると、ララは顔をさらに真っ赤にした。

その言葉に、彼女の顔に、アリステアは呆気にとられる。

「――愛している？　ララが、私のことを？」

信じられず、復唱してしまう。するとララは拗ねたような顔をして「そうだって言っているでしょう」と言った。

アリステアは手を伸ばし、腕の中にララの小さな体を閉じ込める。

「本当に？」

しつこく問えば、ララは少しくすぐったそうに笑い頷いて、アリステアの胸元に、幸せそうにその柔らかな頬をすり寄せた。

「ララ、ララ、ララ……ッ！」

感極まったアリステアは、ララを強く抱きしめて、また子供のように泣いた。

ララは、アリステアの銀の髪を優しく撫でながら、「アリスは泣き虫ね」と言って、慰めてくれた。

そのまま、どれほどの時間が経ったのか。

ララがブルリと小さく体を震わせた。おそらくは寒いのだろう。

「寒いですか？」

アリステアが聞くと、ララが小さく鼻をすすりながら頷いた。

「――では、暖まりましょうか？」

そう耳元でささやいて、アリステアはひょいとララを抱き上げる。これから何をされるのか想像がついたのだろう。ララは少々引きつった顔をしながらも、その表情が色めく。

石化から解かれたばかりだ。きっと疲れていることだろう。だが、それでも。

――どうしても、彼女が生きていることを実感したかった。

ララをそっと寝台へと下ろす。すると彼女はすぐに寝台に潜り込んでしまった。

まるで小動物のようだとアリステアは笑う。そして自身の服を全て脱ぎ捨て、自らも寝台に潜り込む。

そして、その中でララを捕らえ、腕の中に閉じ込める。ララは困ったような顔をしていた。

眉毛が情けなく垂れる、彼女のこの顔が好きだ。もっと、もっと困らせたくなる。

唇を寄せれば、素直に目を閉じてくれた。自らが受け入れられているのだと感じ、たまらない気持ちになる。

この唇で、「愛している」と、そう言ってくれた。叶わないと思っていた恋が、叶ったのだ。

自分の想いの方が圧倒的に重いのだろうが、それでも構わない。

ララは博愛主義者だ。誰にでも優しい。だからこそ、彼女の特別になることは、とても難しいことだった。

寒さで少し色をなくしたその唇をしつこく吸い上げ、やがてわずかに開いたその間に舌を差し込む。

そこはとても温かく、アリステアは夢中でその中を探る。真珠（しんじゅ）のような小さな歯をなぞり、舌を絡めて吸い上げる。

「んっ……ふ、くうん……」

ララは相変わらず口付けの最中に呼吸をすることが苦手なようで、吐息が鼻腔（びこう）を抜け、甘ったるい音を立てる。それを聞いたアリステアの腰に、ずくんと甘い疼きが走る。

このままララを乱暴に犯し尽くしてやりたい衝動に駆られる。だが、そんなことをしたらまた石になられてしまいそうで、必死に堪える。

満足いくまでその内部を味わうと、ゆっくりと唇を離す。つうっと唾液が糸を引き、彼女の胸元に溢れるのが、なんともいやらしい。

そして、ララの大きな胸を両手で揉み上げる。この幼げな顔に大きな胸が、男の劣情を煽ることを、彼女は知らない。

アリステアが彼女に群がる虫を、秘密裏にどれだけ排除したかも、知らないのだ。

形よく大きく張り出したその胸の頂き、色づき膨らみ、まるで食べてほしいのだと主張しているかのようなその場所に、アリステアはむしゃぶりついた。

「あ、ああ……！」

甘ったるい声を上げ、身悶える彼女を四肢で押さえつけ、そこを舌先で転がし、押し潰し、そして軽く歯を当てる。

その度に、ララが小さく体を跳ねさせ、物欲しげに腰をくねらせるのがたまらない。ちゃんとアリステアが教えた通りに、与えた快楽に従順だ。

ララを拘束していた手を離し、そのなだらかな曲線を楽しむように、手のひらを滑らせていく。指先が彼女の敏感な場所に触れる度、体がビクビクと反応する。

石像であった頃にはない反応だ。だからこそ確かめるように、執拗に触れてしまう。

やがて、小さな臀部(でんぶ)に到達した手で、そこを揉み上げる。するとくちゅりと小さく卑猥な水音が鳴って、彼女が蜜を溢れさせていることがわかる。

「ずいぶんと濡れているようですね」

そう耳元で言ってやれば、ララはくすぐったそうに肩を竦め、羞恥で頬を赤らめた。

結婚してから、すでに数え切れないくらいに体を重ね合わせているというのに、いまだにそうやって恥じらう初々しいララが、たまらなく可愛い。

そろりと彼女の脚の隙間に指を差し込んでみれば、そこはもう、外へ溢れ出るほどに蜜を湛(たた)えていた。

その小さな割れ目から溢れる蜜を、指の腹で掬い取り、発情しふっくらと盛り上がったそこに、塗りたくり、潤滑剤とする。

そして、動きやすくなった指先を、その割れ目へと沈み込ませた。

そこに隠された小さな肉珠を探り当て、指の腹でその表面を優しく撫でてやる。

「ひあ！　や、っあああ！」

ララが背中を反らせて、声を上げた。やはりここが一番快感を拾いやすいようだ。敏感すぎるその愛らしい芽が痛みを感じないよう、強弱をつけながら、存分にいたぶってやる。

やがて、ララの下肢に力がこもり、小刻みに震えだす。おそらく果てが近いのだろう。

濡れそぼった温かく狭い蜜口に指を差し込んで、その指の第二関節を軽く折り曲げ、そこにある少しざらついた膣壁を撫でてやれば、ララの腰が跳ねた。

「ああっ！　や……！　そこ……‼」

『気持ちいいんですよね、ララ」

少しいじめてやれば、快楽で潤んだ目で責めるようにアリステアを見た。

その上目遣いがたまらない。だが、もっと理性が溶けるくらいにドロドロにしてやりたい。

アリステアはララを達する寸前まで追い詰めては手を止める、という真似を繰り返した。

「や、ああ、なんで……⁉」

生殺しの状態が辛いのか、ララが責めるようにアリステアに問う。

「ララ、実は私、怒っているんですよ」

一応怖がらせないようににっこりと笑ってみせるが、ララは明らかに怯えた様子だ。

「あれだけ城の外には極力出るなと申し上げましたね？」

ララが罰の悪そうな顔をする。アリステアの言いつけを破った自覚はあるのだろう。

「それで勝手にこんな危険な目にあって……」

ララの性格上、領民たちを見捨てられず、その身を投げ出したことは、仕方のないことだ。

彼女がそういう風にしか生きられないことを、誰よりもアリステアが知っている。

だがそれでも、アリステアはどうしても許せなかった。彼女がその命を軽んじることが。

「ひんっ！　だ、だって……！　あああっ！」

言い訳しようとしたララに、二本に増やした指で、膣内を搔き回してやりながら、花芯を親指で潰してやる。すると彼女は切ない声を上げた。

「私がどれだけ心配したか、わかりますか？　どれほど絶望したか、わかりますか？」

「やあ、あああっ！」

そのままグリグリと痛みと快楽の間を揺蕩うように、強めに刺激を送ってやる。ララは快感に体をがくがくと震えさせた。

「ごめんなさい。だからいじわる……しないで」

限界だったのか、ララは泣き出しそうな顔で、そう懇願してきた。

彼女のその顔に、アリステアの嗜虐心が満たされ、一気に性的欲求が増した。

アリステアとしては「もうしません」という言質まで取りたかったのだが、自分自身も彼女の中に入りたくて限界であった。

堪え切れず、ララの中から指を抜き、腕で脚を大きく広げさせると、一気に猛った己で、彼女の最奥まで敏感な膣壁をえぐりながら突き上げてやった。

「あ――――ッ！」

肌を打ち付ける音とともに、ララがその衝撃で、高い声を上げて一気に絶頂に駆け上がった。

そして激しい脈動とともに、きゅうきゅうとアリステアを締め付ける。

「くっ……！」

それによって一気に込み上げた射精欲を堪えることが、非常に困難だった。

気を抜けば、持っていかれてしまう。唇を噛みしめながら必死にその波を堪えると、アリステアはいまだに脈動を続けるララの中を、激しく穿ち始めた。

「やっ、ああっあああああっ！」

揺さぶるたびにララが切なく甘い声を上げる。繋がりあった場所でグチュグチュと白く濁った蜜の攪拌する音がいやらしく響く。

気持ちが良いのだろう。無意識のうちにララの腰も揺れていて、求められているのだという実感が湧く。

「ひいっ！　ああっ！　あああああ！」

快楽に落ちてきたララの子宮を激しく揺さぶってやれば、あっさりとまた達する。

彼女自身と同じように、素直で感じやすい体だ。魔力の相性が良いと、体の相性も良いという俗説があるが、あながち間違っていないようだ。

この胎に、自分の子を孕ませたいと強く思う。

「やっ、ああ、アリス……ッ！　すき……！」

嬌声の合間に、突然子供のように幼い声で告げられた愛の言葉に。

「――――くッ！」

とうとう堪えられなくなったアリステアは、ララの腰を鷲掴みにして、己を限界までねじ込むと、艶めいた呻き声を漏らしながら、押さえ込んでいた白濁を、一気に注ぎ込んだ。

荒い呼吸音だけが寝室に響く。ララの中で数回扱き、溜まっていた欲を全て吐き出すと、アリステアはララの上へと崩れ落ちる。

「……重い。死んじゃう」

照れ隠しに、ララがそんなことを言ってくるのが可愛い。

「ちょっと待ってください。落ち着いたら治癒魔術をかけますので」

そう言って柔らかなララの茶色の髪を優しく撫でてやると、彼女は猫のように目を細めた。

そしてそのまま互いを確かめ合うように抱きしめあったまま、二人は泥のように眠ってしまった。

アリステアが翌朝目を覚ますと「ララ様が戻られたなら、することをする前にまずは報告してください！　皆心配していたのですよ！」と目の下に濃い隈を貼り付けたマリエッタに泣きながら叱られたり、使用人たちから多少冷たい目で見られたりしたが、まあ、些事である。

「ふふ、怒られちゃったわね」

そう言って、自分をからかいながら笑う、温かくて柔らかくて動くララが、隣にいるからだ。

アリステアはララが生きて、隣にいてくれることが、どれだけ幸せなことなのかを再認識する。

――アリステアの希望、光、生きる理由の全て。

それは大人になった今でも変わらず。

そしてこれから先も、一生変わることはないのだろう。

エピローグ　愛は魔女の腹の中

「お久しぶりです！　ルトフェル様！　ニコル様！」

「おお、久しぶりだな！　ララ」

ララは、かつての師匠夫妻に走り寄った。

老後は穏やかに暮らしたいと言って、彼らはガーディナー伯爵領に移住してきたのだ。

とうとう六十歳になったというルトフェルは、相変わらず渋くて格好良い。

その姿を見るだけで、今でもララの胸がキュンとするのだから、罪深い男である。

かつて燃えるようだった赤い髪には、白いものが混ざり、顔の皺も深くなっているが、それでも実年齢よりもかなり若く見える。

その隣に立つルトフェルの妻、ニコルもララが竜に呑まれ石化した後に、さらに二人子供が増え、現在六児の母であり、三児の祖母でもありながら、相変わらずすらっとした細い体型を維持していて、非常に格好良い。

仕事の邪魔だと言って、短くしている黒髪が良く似合う、中性的な顔立ちの美女だ。

ルトフェルよりもさらに若く見えるので、多分化け物である。

二人は、ララの憧れの夫婦だ。並び立つ彼らに、思わずララはうっとりと見惚れてしまう。

「ララは、全く変わらないな。相変わらず可愛い」

「ありがとうございます。まあ、二十年間石になって寝てましたからね。ニコル様も相変わらずお美しいです！」

もともとニコルは、ルトフェルの国家魔術師の同期であったのだという。

仕事を愛するあまり、結婚を後回しにしていたニコルを、国に勝手に夫を充てがわれる前にとルトフェルが必死に掻き口説き、なんとか結婚に持ち込んだというのは有名な話だ。

かつてルトフェルに恋をしたララも、ニコルだったら仕方がないとあっさり諦めがつくほどに、格好良い女性なのである。

やたらとルトフェルに対抗意識を持つアリステアも、夫婦での来訪であればそれほど気にならないらしく、にこやかに対応している。

「今回の件、君たちには本当に迷惑をかけたね。できればいつもこの調子でお願いしたい。まさか、弟子があんなことをしでかすとは思わなかった」

そしてニコルが潔く深く頭を下げた。

「いえ、ニコル様のせいじゃありませんよ」

かつて、アリステアの竜の魔障つきの傷を癒したのは、外でもないニコルだった。

怪我が重く、さらには珍しい症状であるからと、育児休職中の身でありながら、家を飛び出してアリステアの治療にあたってくれたのだ。

そこでニコルが記した竜の魔障についての研究資料を、彼女の弟子が盗み出し、アリステアを目障りに思う者たちが流用、捨て駒の魔術師に魔障をつけて餌とし、竜をおびき寄せてこのガーディナー領を襲わせ、アリステアに痛手を負わせようとしたのだ。

「魔障は竜の血中魔力によって人工的に作ることができる。おそらくは竜討伐の際に逃してしまった若い竜の、保管されていた血液を使い、その竜を呼び寄せたってとこだろうね」

竜に喰われた魔術師の青年を思い出し、ララは痛ましげに目を伏せた。

おそらく彼は、かつて恥をかかされたアリステアに一泡吹かせられる等と、甘い言葉をかけられて話に乗ってしまったのだろう。

命を奪われるほどの罪は、彼にはなかったのに。

「本当に、人間ってのは、愚かしいものだね。ララ」

今回の件は、ガーディナー伯爵領へのこれ以上の人口の流出を防ぐため、領地内で凄惨な事件を起こし、その安全面において人々の不安を煽るのが目的だったようだ。

アリステアの暗殺が失敗に終わったために、彼が領地にいないうちに騒ぎを起こしたといったところだろう。

国王は関与を否定しているが、結局はララを危険な目に合わせたことに怒り狂ったアリステアによって、魔術省のあった宮を全壊させられたため、愚かな王は怯えきり、アリステアが賠償に求めたガーディナー領の自治権を、あっさりと認めてしまったらしい。

『やはり力はすべてを解決しますね……』

などと夫が悦に入った顔で言い出したので、ララは現在頭を抱えている。

そういうところはやはり成長していないようだ。

「でも、ルトフェル様も、ニコル様も人間です。もちろん、アリステアも私も。人間って大まか過ぎる分類で、その存在の評価を下すなんて、やっぱり乱暴な気がします」

いろいろな人間がいるだけだ。愚者もいれば、聖者もいる。ただ、それだけのこと。

「一面だけを見て、それが全てであるように考えるのは、やっぱりもったいないですよ」

ララがそういえば、ニコルは「ララは本当に良い子だね」と言って、ララをぎゅっと抱きしめてくれた。

ふわりと柑橘系(かんきつけい)の良い匂いがする。思わずうっとりしていると、背中に夫の視線が刺さった。

ルトフェルはおろか同性であるニコルにまで嫉妬するのは、流石にやめてほしい。大人気ないにも程がある。

それから新たな住人となる二人を城に招き入れ、使用人たちが総出で準備をしてくれた歓迎の宴を行う。

並べられた料理は、すべてここガーディナー領で作られたものばかりだ。

ガーディナー領にこの度初めてできたワイナリーで作られた葡萄酒が、乾杯のために皆に配られる。

「この地の益々の発展と、ここに住む人々の幸福に」

アリステアの声に、皆が歓声を上げ、互いの杯を掲げ合う。

相変わらず夫の声は低く艶やかで、素晴らしい美声だ。

うっとりと聞き惚れながら、ララが杯に注がれた葡萄酒に口をつけようとすると、背後からニコルにひょいっと取り上げられた。

「ララはダメだぞ」

「ええ!?　なんでですか？」

ララは酒に弱い方ではない。だが、ここ最近は不思議とあまり飲む気にならず、飲んでいなかった。

だが、歓迎の祝宴くらいは飲むべきだろうと思ったのだが。

「今は、やめておきなさい。ほら、こっちの果実水をやるから」

そう言ってニコルはララの杯を、自分のものと取り替えてしまった。

「そんなことよりも、ララ。こうして久しぶり会うんだ。君のこれまでの冒険譚を、私に聞かせてくれるかい？」

甘い微笑みを浮かべて言われて、ララは照れ隠しに果実水を一口飲むと、請われるままに、ニコルと別れてからの長い長い話を話し始めた。

遠くから、そんなニコルとイチャイチャしている愛しの妻を、落ち着かない気持ちで眺めているアリステアに、ルトフェルが呑気に声をかけた。

「まさかの強敵出現ですよ。夫婦揃って腹立たしい方々ですね」

本当はあの間に割り込みたいが、尊敬する人に久しぶりに会えて頬を染めて嬉しそうにしている妻の邪魔をすることは、余裕ある大人の男としてすべきではないと、必死に堪えているのである。

「涙ぐましいことで。まあ仕方ないな。ニコルには俺も勝てん」

「……でしょうね。それにしても、驚きました。本当にここに移住してくるとは思いませんでしたよ」

「まあな、王都でぼうっとしてると、老体に鞭打たれそうでさ。引退してやっと残り少ない人生を妻とゆっくりできると思っていたのに、邪魔されたくないだろう？」

「よお、相変わらず余裕のないことで」

「ああ、それはとてもよくわかります」

自分もとっとと早く引退をして、ララとのんびり暮らしたい。同意のあまりアリステアが深々と頷けば、ルトフェルは楽しそうに笑った。そして、笑いながらも、真剣な目でルトフェルは問うた。

「なあ、アリス。お前は今幸せか?」

「……もちろんですよ。どうしたんです? 突然」

何故そんな当たり前のことを聞いてくるのだろう。アリステアが不思議そうに首を傾げれば、ルトフェルは肩を小さく竦めて言った。

「──一つ、戯言として聞いてくれ。まあ、仮定の話だ」

「なんです?」

「この世界の仕組みについて」

アリステアは訝しげに眉をあげる。前々からこの男が腹に何か抱えているだろうと思ってはいたが、どうやら随分と壮大な話のようだ。

「三百年に一度、人間は神から審判を受ける」

「……宗教の勧誘なら、間に合っていますが」

突拍子もないことを言い出したルトフェルに、アリステアは思わず冷たい声を出してしまう。

「まあまあ、最後まで聞けって。知っているか? 我が国に残された古い記録によると、実は九百年前までこの世界に魔物という生き物はいなかったらしい。地上は人間だけのもので、生物の頂点にいることに人間は傲り昂っていた。そして、そこへ遣わされた神の使者が、そんな醜悪な人間たちの滅びを望んだ」

そして、世界に瞬く間に魔物が蔓延った。人々は食われ、住処を奪われ、どんどんその人数を減らしていった。

「おかしいとは思わないか。魔物という生物は、あまりにもうまく出来過ぎている。世界に負担をかけない程度に定められた寿命、繁殖力、性質、その全てが。魔物というのは実は九百年前に人間の滅びを選択した神の使者、つまりは審判者によって作られた、対人間用の生物兵器なのさ」

そしてその三百年後、つまりは六百年前、現れた審判者もまた人間の滅びを求めた。

彼の審判により世界中に大雨が降り続け、その時に存在していた人間の国は、洪水に呑まれそのほとんどが滅びた。

「おそらく審判者が神に与えられた魔力の質によって、その方法は変わるらしいが」

ルトフェルはそう言って肩を竦めた。九百年前の審判者は生命に干渉する魔力の持ち主で、六百年前の審判者は天候に干渉する魔力の持ち主だったのだろうと。

「――――そんで三百年前。新たなる審判者が現れ、今度は人間を残存させることを望んだ。我らが知るところの初代魔術師長、国を支える結界を作った、大魔術師だな」

そして、この国は彼の手によって魔物の脅威から守られ、人々は貧しいなりに、久しぶりにその数を増やしていった。

「そして、現在がまたその次の三百年後というわけだ」

「……へえ。つまり、ルトフェル様は私がその審判者であるとお考えですか？」

「それだけの魔力を抱えておいて、自分がまともな人間だと思うのか？」

「…………」

「――お前の能力は、純粋な破壊、といったところか」

アリステアはそれ以上何も言わず、ただうっすらと笑った。

――そう、幼い頃からアリステアの中にあった、恐ろしいものの正体は。

「お前を拾った時は、ヒヤリとしたよ。その蛋白石（オパール）色の目。記録にある初代魔術師長と同じものだ。つまり、こいつは初代魔術師長が生前書き残していた、次代の審判者じゃないかってね」

その一存で人間を滅ぼしかねない存在が、すでに人間に絶望しかかっていた。

「これはまずいと思った。かといって審判の前に審判者を殺せば、さらに神の怒りを買いかねん。俺は必死に考えた。どうしたらお前を、こちら側に連れ戻せるかと」

「……なるほど。それでララを生贄（いけにえ）にした、というわけですか」

善良な一人の女を差し出して、幼い審判者を育てさせ、いずれくるその時のために、人間という存在へ愛着を持たせる。

ルトフェルは、アリステアにそんな擬似的な家族を与えたのだ。

「そうだ。審判者といえども、お前は当時、まだただの子供だった。子供ってヤツは大人以上に環境による影響を受けやすい、だったらとびきり綺麗なもののそばに置いてやろうと思ったのさ。……ララほど心の綺麗な子を、俺は他に知らない」

ルトフェルの知る限り、アリステアを人間の元に引き止めるために、ララ以上の適任はいなかった。

「だが、お前がまさかこんなにもララに執着してくれるとは思わなかったよ。だから、ララが竜の腹の中に消えた時は、正直これで世界が終わるかと思った」

だが、それでもララが遺した言葉、そして、いずれ目覚めるであろう彼女の石化という状況から、アリステアは、人間を滅ぼすことを選ばなかった。

彼女の目覚めた時のために、彼女が望む世界を。神の代理人たる彼は、そう審判を下した。

「そう考えると、ララは世界を救った、ということになるのかもしれませんね」

そう言ってアリステアは、クスクスと声を上げて笑った。

「だからもしララがこの世界から消えたら、私はもう何もかもどうでも良くなって、この世界のすべてを滅ぼしてやろう、などと考えてしまうかもしれませんね」

軽い脅しのつもりで言ってやったのに、ルトフェルはどこ吹く風だ。この男のそういう余裕のあるところが、腹立たしいのだ。

「まあ、その時には流石の俺もとっくに死んでいるだろうから、あとは次世代に期待だな」

「自分が死んだ後のことなどどうでもいいですか。案外クズですね、あなた」

「はっはっは。だが、まあ、そんなことにはならんだろうよ」

ルトフェルは人の悪そうな笑顔で、笑う。

「なあなあ、俺の奥さん。医療魔術の第一人者（エキスパート）なんだけど」

「ええ、もちろん存じ上げております よ。竜に襲われた時の傷を治療していただきましたから」

その張本人であるニコルがララの頭を撫でている。するとララの顔が嬉しそうに笑み崩れる。

やっぱり嫉妬は止まらない。

「体をめぐる魔力の状況から、その人の健康状況がわかるらしいんだよな。そんで、さっきこっそり教えてもらったんだよ。――ララの体のこと」

アリステアの表情が、一気に冷える。パチパチと小さな火花を散らしながら、銀の髪がわずかに逆立つ。

「……ララの体が、一体どうしたというのです？」

「まあ、落ち着けよ。相変わらず余裕がねえなあ。だからさ、ララの腹の中にさ」

ニヤニヤと笑いながら勿体ぶるルトフェルに、アリステアは苛立つ。

「だから、なんだというのです」

「――子供。いるらしいぞ。良かったな」

それを聞いたアリステアの蛋白石色の目が、大きく見開かれる。

「子供……。私と、ララの、ですか?」

「それ以外に何があるんだよ。まだ初期とはいえ順調らしい。初子だな。おめでとう」

アリステアはまだ実感が湧かないのか、困惑した表情で、妻を見つめる。

その時、アリステアの視線に気付いたララが、笑って手を振った。それを見た瞬間、喜びが溢れ出たのか、アリステアがくしゃりと表情を歪め、泣きそうな顔をする。

そんな夫の異変を心配したのか、ララがニコルから離れ、こちらに小走りで向かってきた。

ララの手にある飲み終えた空の杯に気を利かせた給仕が、新たに酒の入った杯を彼女に渡す。

ララがそれを受け取るのを見たアリステアもまた、慌てて声を上げて、彼女に向けて走り出した。

「ララ!　走らないでください!　そして飲むなら酒精の入っていないものを!」

――愛は、増えるものだ。

きっとこれから先も大事なものが、両手に抱え切れないくらいにどんどん増えていく。

もうその頃には、人間を滅ぼしたいなどと、微塵も思わなくなることだろう。

相変わらず余裕のないアリステアの背中を見て、ルトフェルは思わず声を上げて笑った。

あとがき

初めまして、こんにちは。クレインと申します。

この度は拙作『ヤンデレ魔法使いは石像の乙女しか愛せない　魔女は愛弟子の熱い口づけでとける』をお手に取っていただき、誠にありがとうございます。

今作は魔女が不憫な少年を拾い育てて下克上されて幸せになるお話です。私の大好物です！

麗しいララとアリステアを描いてくださったウエハラ蜂先生。ありがとうございます！

あまりに美麗な二人を拝見した際、思わず奇声を上げてしまい、口から魂が抜けかけました。

担当編集様、この作品に携わって下さった全ての皆様、ありがとうございます。

すぐにダークサイドに落ちそうになる私をいつも引っ張り上げてくれる夫、ありがとう。

そして、最後にこの作品にお付き合いくださった皆様に、心から感謝申し上げます。

ままならない日々が続いておりますが、この作品が少しでも皆様の気晴らしになれることを願って。

クレイン

蜜猫文庫をお買い上げいただきありがとうございます。
この作品を読んでのご意見・ご感想をお聞かせください。
あて先は下記の通りです。

〒102-0075 東京都千代田区三番町 8-1 三番町東急ビル 6F
(株)竹書房 蜜猫文庫編集部
クレイン先生 / ウエハラ蜂先生

ヤンデレ魔法使いは石像の乙女しか愛せない
魔女は愛弟子の熱い口づけでとける

2021 年 3 月 1 日 初版第 1 刷発行
2024 年 11 月 25 日 初版第 6 刷発行

著 者 クレイン ©CRANE 2021

発行所 株式会社竹書房
〒102-0075 東京都千代田区三番町 8-1 三番町東急ビル 6F
email: info@takeshobo.co.jp
https://www.takeshobo.co.jp

デザイン antenna

印刷所 中央精版印刷株式会社

Printed in JAPAN
ISBN978-4-8019-2555-7 C0193
この作品はフィクションです。実在の人物・団体・事件などには関係ありません。

コワ×モテ 皇帝陛下と華麗なる政略結婚のススメ！

一目⇕惚れは蜜愛の始まり

貴女の蜜は媚薬のようだ

一目惚れした運命の人、キュオシ皇帝クリストフと政略結婚した王女オリエッタ。他人からは少々怖く見えるらしいが凜々しく頼もしい皇帝に溺愛される。「貴女が愛らしすぎて、すべてを奪いたくなってしまう」海を越えて着いた帝国では歓迎されるものの、義妹のかたくなな態度や度重なる結婚式の延期など問題は山積み。しかしスパダリ皇帝と全方位愛され体質のオリエッタの甘く淫らで幸せな新婚生活はスタートするのだった！